鋼鉄《はがね》の白兎《しろうさぎ》騎士団 X

舞阪 洸

FB
Famitsu Bunko
ファミ通文庫

イラスト／伊藤ベン

もくじ

北方蛮族
ルーアル・ソシエダイ王国
支配領域
東の内海
大平原
シギルノジチ経国支配領域
都市国家連合地域
都市国家連合地域
N
※当時のこの世界には「国土」「国境線」といった概念はなく、あるのは、点（都市）と線（街道）による支配領域である。

SYNOPSIS これまでのあらすじ

いまだ、神々の居た残滓の残る世界エスペリテ・ウモル。その一角バスティア大陸には、うら若き清純な乙女だけで構成されるという騎士団、人呼んで「鋼鉄の白兎騎士団」がその名を轟かせていた。亡き母の影響で騎士団に憧れる少女ガブリエラは、ひと癖もふた癖もある入団試験を突破し、念願の入団を果たす。類まれな発想と機転をもつ彼女は、直後起こった様々な紛争——シギルノジチ経国と通じた騎士団団長が起こした内乱、ルーアル・ソシエダイ王国の策謀により勃発したセキティア高原都市、大平原の有力都市国家コリントゥスの内紛——を次々と解決していく。

その後、ガブリエラたち遊撃小隊が向かったのは中央湖。久々の休暇を満喫する一同だったが、急遽ル・アンヘルの街で蜂起した反イリアスタ軍勢の救援に向かうことになってしまう。だがそこでも彼女は奇策でもって、騎士団の庇護国ベティス大公国を完膚なき勝利に導くのだった。

イリアスタの大平原での橋頭堡、ル・アンヘルを巡る争いは彼の国の背後で蠢くルーアル・ソシエダイ王国を震撼させる。来るべき戦乱が、すぐそこまで迫ってきていた——。

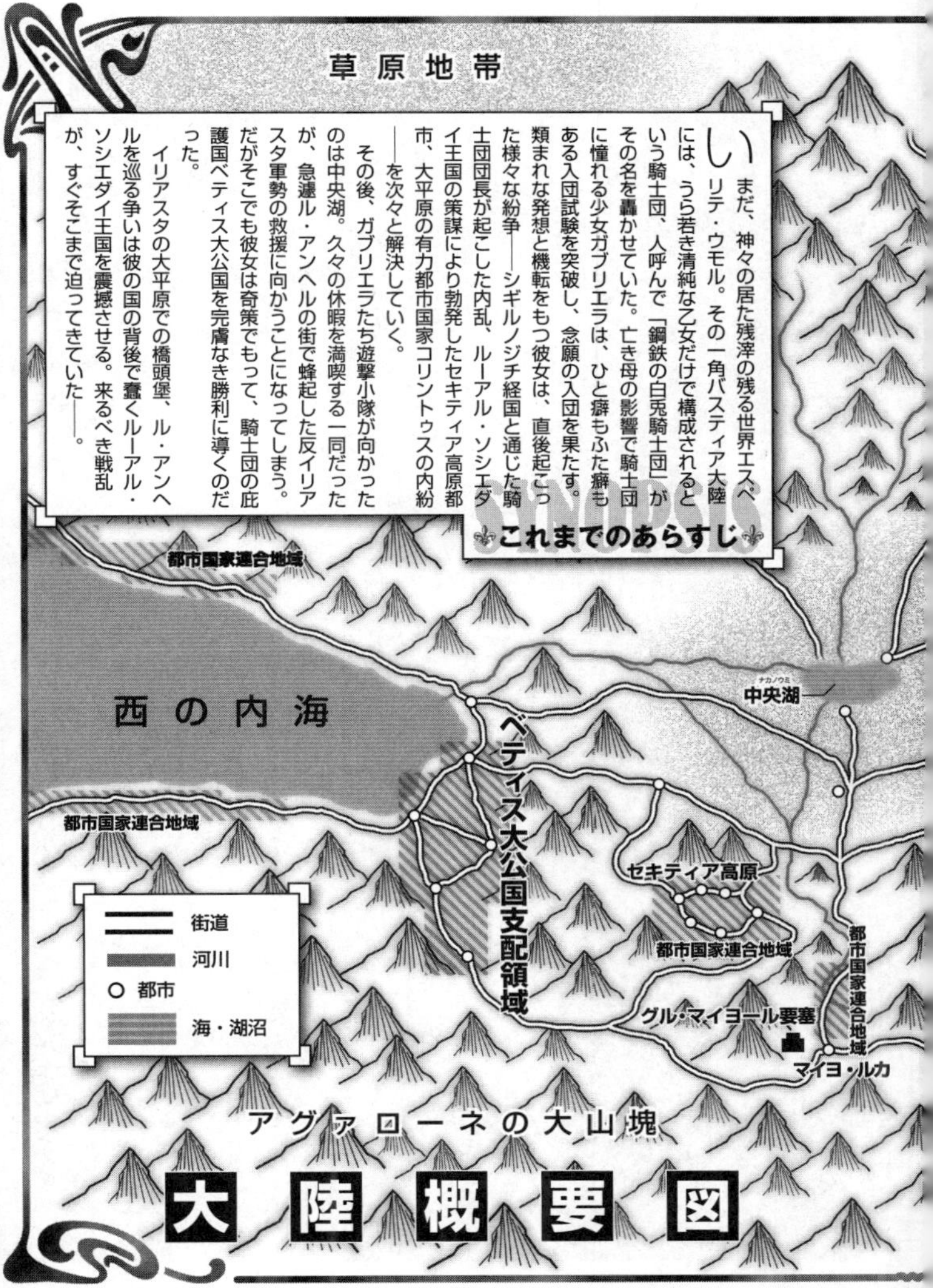
草原地帯
都市国家連合地域
西の内海
中央湖《ナカノウミ》
ベティス大公国支配領域
都市国家連合地域
セキティア高原
都市国家連合地域
都市国家連合地域
グル・マイヨール要塞
マイヨ・ルカ
街道
河川
都市
海・湖沼
アグァローネの大山塊

大陸概要図

鋼鉄の白兎騎士団登場人物紹介
Characters

[ウェルネシア]
実家が薬草園を経営している為、毒や薬の知識が深く、扱いも慣れている。

[レオチェルリ]
元ガブリエラの侍女。控えめで大人しい性格で、気配りは遊撃小隊一。

遊撃小隊

[アフレア]
幼い風貌をしているが、かなりの力量を持つ魔術士。故郷は西の海岸地方。

[セリノス]
優れた軍人を輩出するクワドロス家出身。乗馬の腕は超一流の実力を持つ。

[ガブリエラ]
本作のヒロイン。持ち前の発想と機転で、いくつもの騒動を収めてきた。

[シゥビーニュ]
攻撃的な性格の魔術人形。得物は鎌。普段はアフレアの持ち運ぶ棺に入っている。

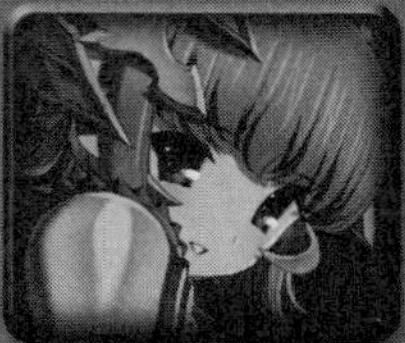

[ノエルノード]
セリノスの双子の妹。言いたいことはズバズバと言ってしまう性格。

[ドゥイエンヌ]
高級貴族家の息女で高飛車な性格だが、他人を認める度量の広さもある。

[ジアン]
東方出身の体術の使い手。若き王を護るため変装となるが、その後団に復帰。

[デイレィ]
暗器使い。隠密行動が得意で用心深く、偵察として動くことが多い。

[マルチミリエ]
元ドゥイエンヌの侍女。ドゥイエンヌに対する忠義が並外れて強い。

新雛小隊

[アスカ]
新雛小隊の隊長。何でも屋として団の内情を探る依頼を受け、入団した。

[アルゴラ]
白兎騎士団きっての武闘派であり、騎士団最強（最凶）の剣士。

[レフレンシア]
団長代理。切れ者で盆地の魔女と称されるが、部下想いで優しい一面も。

[クシューシカ]
番隊長筆頭。豪槍を片手で振りまわす剛の者。白兎一の「美丈夫」と呼ばれている。

[マクトゥシュ]
副団長代理。財政と補給の責任者。騎士団の実務面を取り仕切る実力者。

[アナ]
「癒しの女神」と呼ばれる、救急分隊長。見た目や物腰、声すら優雅で優麗。

[レオノーラ]
緊張感のない言動で周囲を困惑させる一方、『自然士』という希少な資質を持つ。

[エァリァス]
生家が大商人のため、交渉事を得意とする、庶務分隊補給担当長。

[ヨーコ]
極東出身の剣士であり居合の達人。「極東の神秘」と恐れられている。

characters

ORGANIZATION

鋼鉄の白兎騎士団組織図（再編後）

団長代理 レフレンシア ／ **副団長代理** マクトゥシュ

- **番隊**【一番隊～五番隊】
  - 一番隊隊長 アルゴラ
  - 二番隊隊長 ヨーコ
  - 三番隊隊長 クシューシカ【番隊長筆頭】
  - 四番隊隊長 フェーレン
  - 五番隊隊長 アイヴィウス
- **庶務分隊**【財務担当】【補給担当】
  - 分隊長 マクトゥシュ【兼任】
- **救急分隊**
  - 分隊長 アナ
- **特務分隊**
  - 分隊長 レオノーラ
- **警邏隊**
  - 分隊長 レオノーラ【兼任】
- **遊撃小隊**
  - 小隊長 ドゥイエンヌ
  - ガブリエラ
  - アフレア
  - レオチェルリ
  - マルチミリエ
  - セリノス
  - ノエルノード
  - ウェルネシア
  - デイレィ
  - ジアン
- **新雛小隊**
  - アスカ
  - シェーナ
  - ラツィーナ
  - リンデル
  - フェレッラ
  - ハイミオ

注：この組織図は「お兎様の乱」後、大量の退団者を出してから再編成された騎士団のものである。

プロローグ

1

ルーアル・ソシエダイ王国。

かつてのルーアル王国とソシエダイ王国が両王家の婚姻《こんいん》を機に連合を結んで成立した王国で、域内に複数の都市が存在している。大平原の北東に在《あ》り、辺り一帯に影響力を及ぼしている強国だ。

今の国王はバロス三世・バイバルス。五年前に父王から王位を継《つ》いだ、三十代半ばのまだ若き王である。

王位を継いだ直後は、三十歳そこそこという若さに加え、古くから父王に仕えていた老臣《ろうしん》など、旧勢力の抵抗に遭《あ》ってなかなか手腕《しゅわん》を発揮できなかったが、それでも着実に己の影響力を国内に浸透させてきた。

充分に力を蓄《たくわ》えたバロス三世・バイバルスは、今から二年ほど前、「改革」の名の下《もと》に老臣や旧勢力に連なる一党を粛正《しゅくせい》、放逐、あるいは閑職《かんしょく》に回すなどして、一気に抵抗勢力を屠《ほふ》ることに成功していた。

自分に忠実に従う「改革派」の若手官僚や軍人で臣下を固めたバロス三世は、満を持《じ》して目標実現に向けて動きだした。

まず王が対処したのは、北方蛮族《ばんぞく》との長きに亘《わた》る戦争を終結させることだった。そのためには妥協もやむなし、というのがバロス三世の判断だった。この妥協に老臣たちは反対していたのだが、今や反対する者は王宮から一掃されている。

停戦の折衝《せっしょう》は微妙にして根気の要《い》る仕事だったが、一年近くかけて停戦の協約を結ぶことに成功した。

後顧《こうこ》の憂《うれ》い……というか、北方の憂いをひとまず絶ったバロス三世は、その目を南方へと向ける。そう、南こそが彼の目標であり目的であった。

遠く南西には仮想敵国であるベティス大公国が、そして南方には、やはり仮想敵国であるシギルノジチ経国《きょうこく》が控えている。どちらの国もルーアル・ソシエダイ王国の覇権《はけん》の障害となる大国だった。

実際、今でこそ小康《しょうこう》状態を保っているが、かつてルーアル・ソシエダイ王国は両国と何度も戦火を交えたことがあるのだ。ただし、正面からのぶつかり合いではなく、互いが支持する都市国家の増援という形での間接的な戦闘であったため、勝敗の決着を見ることがないまま今日《こんにち》に至っている。

朕《われ》が在位している間に決着をつけてやろう。

それがバロス三世・バイバルスの野望であり目標であった。バロス三世は遠大な目標実現のために、王位に即《つ》くと同時に国内の改革に手をつけ、富国強兵《ふこくきょうへい》に努めた。

僅《わず》か五年足らずのあいだに富国強兵策はそれなりに実を結んだのだから、バロス三世は英邁《えいまい》な王であるというべきだろう。

北方蛮族の脅威を減じ、国内を整えたバロス三世は、いよいよ南方へと向かうべく、具体的に動きだした。大平原方面に自国の影響力を確実に浸透させるため、本格的に大平原諸都市への介入を始めたのだ。それが昨年のこと。

バロス三世は懐刀《ふところがたな》ともいえる切れ者、アリアンレイ・アシッドゥ・アッサンラーを大平原方面の調略担当として送り込んだ。彼女の構想力と実行力のおかげもあり、当初、計画は順調に進んだ。

大平原の有力な都市国家、イリアスタを取り込んだおかげで、自国の兵を損《そこ》なうこともなかった。

しかし。

最近になって、計画の実現はどうにも停滞気味である。どころか以前に逆戻りという局面すら現れている。その原因を求めると、一つの存在に行き当たる。

それは。

鋼鉄《はがね》の白兎《しろうさぎ》騎士団。

なぜか、どういうわけか、思いもよらぬところから姿を現し、アリアンレイの構想の実現を邪魔していく。

事態の展開も意外なら、決着の仕方も意外。アリアンレイは何度も煮え湯を飲まされることとなってしまった。

特に最近のル・アンヘルを巡る攻防が痛手だった。

せっかく自陣に引き入れたル・アンヘルを失うことになったばかりか、イリアスタの兵力が大損害を蒙《こうむ》ることになった。結果、大平原北部における親ルーアル・ソシエダイ勢力の動員兵力が大きく減じてしまったのだ。それは同時に、大平原中・南部におけるベティス大公国側の勢力の伸張《しんちょう》を許す契機ともなった。

今まではイリアスタが矢面《やおもて》に立って動いていた。外交面でも軍事面でも。だが、兵力を大きく減じたイリアスタが、これまでのように活発に動けないのは自明《じめい》の理《り》。

かといって、現状ではルーアル・ソシエダイにそのすべてを肩代わりするだけの余裕はない。大平原に駐留するルーアル・ソシエダイ王国の兵力はそれほど多くないのだ。

駐留軍を増やすには、自陣営の都市国家を増やし、莫大《ばくだい》な駐留経費を捻出《ねんしゅつ》する必要があるのだが、一朝一夕《いっちょういっせき》には難しい。というより、これまで順調に自陣営の都市を増やしてきたのに比して、ル・アンヘルの離脱という事件のあとでは調略の手もなかなか効果を発揮しないのが実情だ。新たに都市国家を自陣営に引っ張り込むよりも、自陣営に加わった都市国家の離脱を防ぐことに手一杯となっていた。

コリントゥスとル・アンヘル。この二つの都市を巡る攻防に連敗してしまったイリアスタは、今やルーアル・ソシエダイにとって利用価値を大きく減じている。

何か新たな手を打たなくてはならないというのがアリアンレイの見解である。このまま大平原方面への進出が頓挫《とんざ》すれば、バロス三世の野望の実現が遠のいてしまう。だが、アリアンレイの手持ちの兵力は限られている。裏工作のための切り札も失っている。自らが動いて事態を打開するのは難しい状況だ。

切れ者アリアンレイは幾つかの方策を考えている。そのうちの一つは奇策ともいえるものだ。あるいは劇薬《げきやく》か。問題は、本国の首脳がこの奇策、この劇薬を「是《ぜ》」とするかどうかだが、アリアンレイは、あまり心配をしていない。国王さえ説得してしまえば、首脳が反対してもそれほど大きな障害にはならないと読んでいる。そして、今のところバロス三世の野望実現のためには、この奇策がもっとも手っ取り早いのだ。この劇薬がもっとも効果的なのだ。

バロス三世は臨機応変にして一つの事柄に固執しない王だった。もっと効果的な方策があると知れば、もっと簡便な手段があると判れば、あっさりと自説を撤回することもある。そんな王の気質に賭《か》けてみようとアリアンレイは思っている。

バロス三世様、この献策《けんさく》には驚くかもしれないが、おそらく退《しりぞ》けはしないはず。英明なあのお方なら、費用対効果が最も高いのがこの策であること、判ってくださるはず。

アリアンレイはそう確信してる。

ルーアル・ソシエダイの影響力を大平原に確実に植えつけ、加えて目の上の瘤《こぶ》のような邪魔な存在、ベティスの先兵である鋼鉄《はがね》の白兎《しろうさぎ》騎士団の影響力を削《そ》いでしまうための秘策を胸に秘めたアリアンレイは、駐在しているギレムを離れ、自国、ルーアル・ソシエダイ王国へと戻っていった。

2

アリアンレイは御前《ごぜん》会議の席で、国王バロス三世・バイバルスや重臣たちを前にして、己の秘策を開陳《かいちん》した。

説明を終えた彼女が着席すると同時に、御前会議は蜂《はち》の巣を突っついたような騒ぎに陥った。

重臣たちはみな色めき立った。中には憤激を隠そうとしない者さえいた。

「貴公、自分が何を言っているのか判っておるのか!?」

難詰《なんきつ》するような口調で迫ったのは外部省《がいぶしょう》の長官——大臣のようなものだ——レイィ・レイギ・レギアスだった。

「昼間から酒を飲んでいるのではあるまいね？」

皮肉の利いた口調で揶揄《やゆ》するように言ったのは国部省《こくぶ》長官、ジリアッティ・ジード・

ジェローディウスである。

他にも、疑念や疑問を呈《てい》する者が続出した。会議長である宰相《さいしょう》、ハイランディ・ハインドゥ・ハイッディも苦々しい表情を隠そうとしない。

「わたくしは自分の献策の意義を信じておりますし、それのもたらす未来も信じております。もちろん飲酒はしておりません」

アリアンレイは力みもせず臆《おく》しもせず、淡々とした言葉で重臣たちに応えたが、その堂々たる態度にも拘《かかわ》らず、居並ぶ重臣たちが彼女の策を糾弾《きゅうだん》する勢いは減じなかった。少なくともアリアンレイの秘策を支持しようという意思表示はどこからも誰《だれ》からも為《な》されなかった。

そのとき、大きな声が会議の間を震わせた。

「面白いじゃないか」

低いが、よく通る声だった。

声の主はバロス三世・バイバルス。

迫力ある声に相応《ふさわ》しい巨軀《きょく》の持ち主だ。彼が身に纏《まと》う衣装も壮麗華美《そうれいかび》とはほど遠く、軍人のように簡素で機能的な物だった。質実剛健《しつじつごうけん》という言葉がよく似合っている。

たちまち御前会議の場は静まり返った。

「ですが、三世王よ」

と応えたのは外部省長官、レイィだ。

「あまりにも過去を無視した提案ではありませんか？」

というレイィの言葉に追随したのは国武省《こくむ》長官、ムンディア・モンド・アグレッティ上将軍《じょうしょうぐん》。

「我が国軍《こくぐん》の兵の血がどれほど流されたか、王もご存知のはず」

すかさず国部省長官、ジリアッティも続いた。

「向こうから申してきたならともかく、こちらから申し込むというのはどうなのです。奴らを喜ばすだけではありませんか？」

宰相ハイランディも重々しい口調で言った。

「過去の経緯《いきさつ》もありますが、このような提案、連中が呑《の》むとも思えません。無駄な交渉事《ごと》に時間と労力を費やすのは如何《いかが》なものかと」

バロス三世は笑いながら言った。

「もちろん過去は知っているよ。我がほうがどれほど血を流したのかもな。だけどもだ、過去のことは過去のこと。俺たちは過去に囚《とら》われず未来を見ようって言って老臣《じじい》どもを追い払ったんだろうが。そんな俺たちが老臣《じじい》どもと同じことを言っててどうするよ⁉」

バロス三世に突っ込まれ、重臣たちは口を噤《つぐ》み互いに顔を見合わせる。

「まぁ、気分が悪いっていうみんなの気持ちは判る。俺だって胸くそ悪いからな。けれども、現状、そうするのがいちばんいい打開策だってぇなら、そうするしかあるまい？　それとも他《ほか》に何か良案があるってのか？　あるなら、遠慮は要らねえ、披露してくれ」

誰からも声が上がらなかった。

しばしの沈黙の後、ようやく外部省長官、レイィが発言した。

「ですが三世王よ、どうやって連中と交渉するというのですか？　奴らのこと、送った使節団をその場で捕らえて殺しかねませんぞ」

「そうだなぁ。まぁ、それはレイィのところで頑張ってもらうしかないなぁ」

レイィが目を白黒させている。

「そんな無茶な」

たしかに他国との交渉事となれば外部省の出番だ。しかし、昨日まで激しく敵対していた国への使者、そう簡単に送れるものではない。外交使節団をいきなり殺すこともないだろうが、こちらから送れば相手に足元を見られる可能性があった。いま困っているからこそ昨日の敵にまで使者を送ってきたのだと思われたら悪影響が出る。

「相手に申しいれること自体が、こちらの立場を弱めることに繋がりかねません」

レイィは外交の責任者という立場から、あくまでアリアンレイの献策に反対した。

「バロス三世王」

とアリアンレイが口を挟んだ。

「なんだ、アリアンレイ？」

「レイィ様が仰《おっしゃ》ることも道理。レイィ様のご心配に同意」

「だったら……」

と言いかけたレイィを遮《さえぎ》って、アリアンレイが言葉を継いだ。自信たっぷりの表情と余裕綽《しゃくしゃく》々の態度で。

「ですが、こちらにも切り札がございます」

「切り札？」

「はい、切り札です。連中にしてみれば、この提案は渡りに船のはずなのです。そこを上手《うま》く衝《つ》いて交渉に持ち込めれば」

「切り札ってなんのことだ、アリアンレイ？」

とバロス三世が訊いてきた。

「そんないいもの、俺は知らねえぞ」

バロス三世の物言いに少しだけ苦笑したアリアンレイだが、直《す》ぐに真面目《まじめ》な表情に戻って言った。

「少し前に鋼鉄《はがね》の白兎騎士団《しろうさぎ》で起きた内部抗争、『お兎様《うさぎさま》の乱』などと呼ばれているものですが、それはご存知ですか？」

「おう、知ってるよ。団長派と副団長派が争って、結果、副団長派が勝利、敗れた団長は自害し、団長派が一掃された……っていうあれだろ？」

「実は、あの事件に連中が絡んでいたのです」

「本当か⁉」

「まず間違いはございません」

バロス三世は外部省長官のほうに顔を向けた。

「レイィ、おまえは知っていたか？」

レイィは些《いささ》か苦しそうに表情を歪めて力なく首を横に振った。

「いえ。我が省では把握しておりませんでした」

直ぐにバロス三世はアリアンレイのほうに顔を戻した。

「じゃあ、あれは実際どういうことだったんだ？」

「連中が団長に肩入れしていたのです。副団長派を追放した後、団長はベティスと手を切って連中と結ぶ。それこそが連中が描いていた絵なのです」

「おいおい、正気か。そんなことしたって、何ができるっていうんだ⁉　クセルクス盆地が手に入るとでも？　すぐにベティスが本格介入してくるだけだろ。自分家《じぶんち》の裏庭でそんな好き勝手なこと、ベティスが許しておくはずがない。副団長派を一掃できたとしても、今度は団長がベティスによって追われるだけじゃねえのか？」

「はい、それでよいのです」

「んん？」

怪訝《けげん》そうな顔になったバロス三世だが、すぐに、ああ、と大きく頷いた。

「なるほど。要するに奴らにとって団長は、ベティスと白兎騎士団《しろうさぎきしだん》を離間《りかん》させるための手駒だったって、そういうことか？」

アリアンレイは、王に向かって軽く頭を下げてみせる。

「だと思います。しかも、使い捨ての手駒です」

「けっ。薄汚ねえことを考えやがる。奴らのやりそうなこった。反吐《へど》が出るわ」

「それだけではありません。団長、副団長が揃《そろ》って白兎騎士団《しろうさぎきしだん》から消えます。二人とも、指導力、思考力、決断力を兼ね備えた逸材でありますし、団員の人気も高いですから、二人揃っていなくなれば、白兎騎士団《しろうさぎきしだん》にとって大打撃。確実に団は弱体化します。つまりはベティスにとって二重の打撃になるわけです」

「なるほど。連中が手間暇かけてそんな小細工を施してまで裏から介入してきたということは、つまり……」

「はい。連中が西方への進出を具体的に狙っていることの証左でありましょう」

「であるなら、尚更《なおさら》」

とレイィが口を挟んだ。

「我らが連中の野望の手助けをすることになってしまうではありませんか」

「そこは、それ、考え方次第だな」

と呟《つぶや》くように言ったバロス三世は、右手で顎《あご》をさすりながら宙を見上げ、評定《ひょうじょう》の間《ま》の天井から吊《つる》されている大きな吊し燭台を睨みつけるようにして考え込んだ。

評定の間も王の衣装と同様に、派手な装飾などは一切見られず、大きな方卓と椅子が置かれているのみで、まさに会議をするためだけの部屋といった趣《おもむき》である。この質実さを見ただけでも、バロス三世の思考、もしくは志向、あるいは嗜好《しこう》がよく判る。

「上手くやれば、連中にこちらの手助けをしてもらうこともできる」

「当然、連中もそう考えることでしょう。そうなれば、狐《きつね》と狸《たぬき》の化《ば》かし合いですぞ。思った通りに事が運ぶとは限りません」

「そのくらいは覚悟の上の話だな。それよりも」

顔を戻したバロス三世は、アリアンレイに視線を向けた。

「優先順位をどうつけるか。そういうことだな、アリアンレイが言いたいのは？」

「左様でございます」

「優先順位とはなんのことですか、三世王よ」

怪訝そうなレイィに向かって、バロス三世は、ふふんと鼻を鳴らす。

「要するに、俺たちにとってはベティスも連中もどちらも邪魔。いずれは両方とも倒すべき存在だ。だが、同時には難しい。というか不可能だ。そうだな？」

「それは……不本意ながら」

とレイィ外部省長官は渋い顔で頷いた。

「だったら、どちらを先に倒すのか。どちらを先に倒したほうが、後々《のちのち》、仕事がやり易《やす》くなるのか。そう考えたとき、アリアンレイは、まずベティスのほうから叩いておこうと考えた。そういうことだな？」

さすがにバロス三世王、明敏にして明瞭な理解力、思考力。目先の事柄に捕らわれるのではなく、未来までを透徹する先見性。このお方であれば道を誤る不安は微塵《みじん》もない。

アリアンレイは我が意を得たりと、力強く頷くのだった。

「左様でございます、三世王。わたくしは、まずはベティスを弱体化させておくことが、我がルーアル・ソシエダイ王国の将来的な繁栄に繋がる道だと考えるのでございます」

「要するに、シギルノジチの馬鹿どもは、あとからどうにでもなるってことだな？」

「そうとも言えます」

三世王とアリアンレイの受け答えに、居並ぶ重臣たちから笑い声が上がった。それは苦笑とか失笑の類《たぐい》ではなく、シギルノジチ経国とその首脳を小馬鹿にした嘲笑《ちょうしょう》だった。

「具体策は今後の話として、方向性としては面白そうだ。俺はやってみる価値があると思うが、皆はどうだ？」

上座《かみざ》からバロス三世が重臣たちの顔を見渡した。

一見、重臣に意見を求めているように見える。だが、実際は最高指導者の意志、決断が最優先とされるこの世界においては、ここで反対意見を述べる者はいない。あくまで形式上の確認でしかないのだ。今までに何度も繰り返してきたが、方針決定という最終局面で反対意見が出る鋼鉄《はがね》の白兎《しろうさぎ》騎士団の有り様こそが、この世界では異端であり異状なのだ。

「三世王がそう仰るのなら」

と宰相ハイランディが応えると、居並ぶ重臣たちも彼に続いた。

「バロス三世王のご意見どおりに」

「三世王の仰せのままに」

「国王陛下の意のままに」

もちろん、彼らが発した言葉を額面どおりに受け取ることはできない。特に今回は、重臣たちを押し退《の》ける形でアリアンレイの献策が通ったのだ。そのことを快く思わない者がいるのは間違いない。

とはいえ、バロス三世がやると言ったのだ。やると決めたのだ。臣下としては決定に従って動くだけ。あからさまにアリアンレイの足を引っ張る者はいない。その点では、ルーアル・ソシエダイの王宮は王を中心によくまとまっていた。つまり、バロス三世・バイバルスが能《よ》く人心を掌握しているということだ。

「では、交渉の実務面はレイィとアリアンレイに任せる。シギルノジチとの協定、見事結んでみせろ」

弾かれたように立ちあがった二人は、恭《うやうや》しく低頭した。

「すべては国王陛下のご意志のために」

こうしてルーアル・ソシエダイ王国の新たな方針は決定された。それは今までの政策を百八十度も変える劇的なものだった。ル・アンヘルでのベティス連合軍の大勝利＝イリアスタ連合軍の大敗を受けての方針転換だとすれば、歴史の皮肉を感じないわけにはいかない。

それはさておき。

何はともあれ。

これまで犬猿《けんえん》の仲だったルーアル・ソシエダイ王国とシギルノジチ経国が手を結ぼうとしている。もしもこの両者が手を結べば、バスティア大陸アグァローネ地方の覇権の行方《ゆくえ》を大きく左右することになるのは間違いないだろう。

レフレンシアの危惧《きぐ》、即ち「我々は勝ちすぎた」という危惧が、早くも現実のものとなろうとしていた。

第1章

レフレンシアの悪巧み

1

ベティス大公国の首都ベティウスにある宿屋街。

石造り三階建ての立派な建物から木造平屋の簡素な建物まで、窓に硝子《グラウス》が嵌《はま》っている美しい外壁の宿から木の戸板しかない薄汚れた宿まで、この街区には様々な水準の宿屋が建ち並んでいる。

大国ベティスの首都だけあって、旅人や商人、他国の外務官などが、引きも切らずにこの都市を訪れる。そのためここには、いかなる需要にも対応できるだけの種々雑多な宿屋が揃《そろ》っていた。

といっても、高級宿は高級宿、安宿は安宿と、似たような水準の宿が一所に集まっているので、異なる客層が入り乱れるようなことはなかった。

石畳を敷いた広い街路が一本。それが宿屋街の中心を貫くように東西に走っており、そこから細い街路が何本も左右に枝分かれしていた。喩《たと》えるなら、そう、脊柱《せきちゅう》と肋骨《ろっこつ》のような印象か。

その細い肋骨の一本をさらに先へと足を運ぶと、そこには色街《いろまち》がある。

色街とは、なんというか、いかがわしい出し物を見せるいかがわしい店があったり、通りかかる男性客の袖を引く街娼がいたり、街娼と客が使う安宿があったり、一攫千金《いっかくせんきん》を夢見る欲の皮の突っ張った者を誘い込む賭《か》け屋があったりする街区だ。

レフレンシアが今いるのは、そんな色街の一角にある賭け屋だった。

ただ一人、レオノーラだけを伴って、レフレンシアはいったい何をしにそんな店を訪れたのだろうか。まさか、鋼鉄《はがね》の白兎《しろうさぎ》騎士団の団長代理である彼女が、賭け事を嗜《たしな》むとでもいうのだろうか。

2

今回のレフレンシアのベティス訪問、表向きはル・アンヘルを巡る攻防に於《お》ける鋼鉄《はがね》の白兎《しろうさぎ》騎士団の奮戦を称えるためにベティスの首脳が白兎《しろうさぎ》騎士団の首脳を招待した……ということになっているのだが、実際は、このあとイリアスタやルーアル・ソシエダイ王国がどう動くのかという情勢分析や、この先の対応策を協議するという実務的側面のほうが大きかった。そのため白兎騎士団《はくときしだん》側からは、救急分隊長のアナと番隊長筆頭のクシューシカがレフレンシアと共にベティウスを訪れていた。

マクトゥシュは例によって留守番である。

この辺、マクトゥシュは奥ゆかしいというか、政治や外交にあまり興味を持たないというか、とにかく表舞台に立とうとしないのだ。マクトゥシュなら安心して留守を任せられる。彼女の人柄や志向が実にありがたいと思うレフレンシアである。

それはさておき。

鋼鉄《はがね》の白兎騎士団《しろうさぎ》の最高幹部が三人揃っての移動となると、警備も大がかりにならざるを得ない。

ベティスから迎えの兵がグル・マイヨール要塞まで来たが、白兎騎士団《しろうさぎ》側からも特務分隊と警邏隊《けいら》――どちらもレオノーラが隊長を務める部隊だ――から十二名を、クシュ ーシカが隊長を務める三番隊から十名をそれぞれ選抜し、三人の警護として充《あ》てた。

それ以外にも警護の兵はいる。レフレンシアお気に入りの遊撃小隊と新雛《ひよこ》小隊だ。合わせて三十八名の白兎《はくと》騎士が警護の任に就《つ》いていた。これにレフレンシア、アナ、クシューシカの秘書官三名を足して四十一名。さらに警護の責任者としてレオノーラが同道している。これにレフレンシア、アナ、クシューシカを加えて総勢四十五名。これがベティス大公国訪問団の陣容だった。

最高幹部とその付き人は公宮《こうきゅう》――大公国を名乗っているので、ベティスでは王宮とは呼ばず公宮と呼んでいる――のほうに宿泊所を用意してくれているのだが、警護の兵は公宮その物には入れず、その周囲にある公城《こうじょう》と呼ばれる場所に控えることになる。

この世界の都市は、基本、城郭《じょうかく》都市である。ベティウスもその例に漏れず、背の高い城壁が都市を取り囲んでいるのだが、都市の中に、さらに城壁に囲まれた一角がある。内壁に囲まれたそこが公城で、その奥に公宮がある。公宮にはベティス大公の住居棟《とう》と執務棟が並んで建っており、外国使節の引見の間《ま》も執務棟に設けられていた。

3

「懐かしいですわね」

ベティス大公国の大貴族の娘であるドゥイエンヌは、公宮の佇《たたず》まいを見てしみじみとした口調で言った。

遊撃小隊は新雛小隊と共に、レフレンシア、アナ、クシューシカを送って公宮の正門までやってきたところだった。

内壁に囲まれた公城の奥にある公宮は、さらに一重《ひとえ》の石壁に囲まれている石造り三階建ての壮麗な建物だった。白御影石《しろみかげいし》を基調にして造られた建物は城塞のような堅固さと共に宮殿のような豪華さを併《あわ》せ持っており、晩秋の午後の柔らかな日差しを受けてそれ自体が輝いているように見えた。

いまレフレンシアたち三人は大きなアーチ型の正門を潜り、公宮の敷地へと足を踏み入れたところだ。

出迎えたのはベティス大公国の外務卿《がいむきょう》、エフィソスと大公親衛隊の兵。

一方、レフレンシアたちに付き従うのはレオノーラと数名の兵、それに三人の秘書官のみで、さすがの遊撃小隊も公宮内にまでは入れなかった。

公宮の堅牢《けんろう》かつ豪華な石造りの建物の中にレフレンシアたちの姿が消えるのを待って、遊撃小隊員と新雛小隊員は、やれやれと伸びをした。

あとは控え棟――賓客《ひんきゃく》の随員が控えるための建物だ――に宛《あて》がわれた部屋で、会合を終えたレフレンシアたちが戻ってくるのを待っていればいいだけである。

案内の兵に先導されて控え棟まで歩く途中、ジアンがドゥイエンヌに、

「小隊長は王宮に入ったことがあるの？」

と訊いた。

するとドゥイエンヌは足を止め、大きく胸を張って応えるのだった。

「あるわけがないでしょう。白兎《しろうさぎ》騎士団に入る前のわたくしは、まだどこにも所属していないただの小娘でしたのですからね、いくら父親が宰相《さいしょう》といえども、公宮に入れるような立場ではありませんわよ」

どうしてそこで胸を張るのかが判らないと思うジアンである。

「ですが、ここ、公城でしたら、父上に連れられて何度か来たことがありますわね」

そう言ってドゥイエンヌは懐かしそうな顔で周囲を見渡した。

「昔と少しも変わっていないですわね」

「いつ頃の話？　幼児の頃？」

「騎士団に入る前の年ですけど」

「まだ二年も経ってないよ！　変わるわけないじゃん！」

　突っ込まずにはいられないジアンだった。

「ガブリエラは？　あんたも来たことがあるの？　あんたの家もベティスの貴族なんでしょう？」

　と、今度はアフレアがガブリエラに訊いた。

「っていうか、セリノスやノエルもベティスの騎士階級出身よね。やっぱり来たことがあるの？」

　セリノスとノエルノードは、

「公城には来たことがあるね」

「公城には来たことがあるわね」

　と頷いたが、ガブリエラは軽く首を横に振った。

「いいえ。わたしの実家があるのは首都ではありませんし、公宮どころか、公城に出入りできるような家柄でもありませんでしたし。あ、でも、母は来たことがあると思いますけれど」

「ああ、そうよね。あんたの母親、騎士団の副団長まで務めたんだっけ。たしか異名《いみょう》が『地獄を駆ける黒き翼』だったわよね」

「違いますっ！　『天翔《あまかけ》る黒き翼』ですっ！　変な場所を駆けさせないでくださいっ！」

「駆けるか翔るかの違いはあっても、背負っている物は黒いのよね」

「あうぅ」

「母も娘《むすめ》も真っ黒なんだ」

「ですからっ、そんなことはありませんっっ」

「え〰〰、そうかなぁ。ねえ、どうよ、みんな？」

とアフレアが周囲を見渡すと、澎湃《ほうはい》として歌声が湧きあがった。

「黒い〰〰、黒い〰〰、真っ黒だ〰〰♪」

ドゥイエンヌまで一緒になって歌っている。というか、普段、あまり喋らないマルチミリエまでもが歌っている。意外といい声で歌うので、みんな吃驚《びっくり》だ。

「皆さん、最低〰〰」

ガブリエラが憤然とした顔で仲間を睨みつけていると。

「小隊長。ドゥイエンヌ小隊長」

と言いながらアスカが寄ってきた。

「どうかしましたの、アスカ？」

ドゥイエンヌが訊き返す。

アスカのほうが年上ではあるが、白兎《しろうさぎ》騎士団は年齢の長幼《ちょうよう》よりも入団年がものを言うところなので、半年とはいえ入団が先だったドゥイエンヌは、慣例どおりアスカも呼び捨てだ。

一方、ガブリエラはなかなかそうはいかなかった。年上のアスカに対してはどうしても丁寧な言葉遣いになってしまう。そのことをアスカ本人から何度も窘《たしな》められていたのだが、なかなか直らなかった。

「部屋に入ったら直《す》ぐに打ち合わせをするからそのつもりで、ってエルトナ様が言ってますよ。それを伝えてこいって言われたので、伝えに来たんです」

エルトナはレオノーラの配下で、特務分隊の副隊長を務めている人物である。高原都市の騒動のときに一緒に行動したことがあるので、ガブリエラたちはよく見知っている。今回はレオノーラがレフレンシアたちと行動を共にすることが多いので、遊撃小隊と新雛小隊は必然的にエルトナの指示を受けることが多くなる。

「やれやれですわ。ゆっくり休んでいる間もありませんわね」

「ガブリエラ副隊長も、打ち合わせには顔を出して、っていうことです」

「はい、了解しました」

「じゃあ、伝えましたからね〰〰」

一礼したアスカは、前のほうを歩いている雛小隊の仲間の下《もと》へと戻っていった。

「アスカさんも、白兎《はくと》の騎士がだいぶ板についてきましたね」

とガブリエラが言うと、ドゥイエンヌが薄く笑った。

「あらあら、まるで大先輩のような口ぶりですわね」

「あ、いえ、そういうことでは」

「まぁでも、新雛小隊の六人、たしかにそれらしい顔つきになってきていますわよね。年が明ける頃には『雛』の称号も取れているのではなくて？」

それこそ騎士団幹部の……というより、レフレンシア様のような口ぶりですけど。

と思うものの、口に出すことはしないガブリエラだ。

「でも、あの六人が白兎《はくと》の騎士らしくなってきたのでしたら、わたしたちはもっと白兎《はくと》の騎士らしくなっているはずですよね」

ガブリエラがそう言うと、ドゥイエンヌは感慨深そうな表情になって天を仰いだ。

「そうですわね。わたくしたちが白兎騎士団《はくときしだん》に入団してまだ一年も経《た》っていないというのに、随分といろいろな経験をしましたもの。経験だけではないわ。こうして団長代理レフレンシア様直属の独立小隊として活動できているのですものね」

本当に波瀾万丈《はらんばんじょう》の半年と少しだったとガブリエラも感心する。これまでに生きてきた十六、七年という年月よりも、白兎騎士団《しろうさぎ》に入団してからの半年と少しの経験のほうが濃密だったような気がしてならない。

それを幸運だ、誇らしいと思う反面、半年でこれなのだから、この先、一年、二年と経ったときに、いったいどんな経験を積んでいるのだろうと、少しだけ不安にもなる。

そして実際、ガブリエラがこれから経験することは、波瀾万丈だと振り返ったこの半年間と比較しても、比べものにならないほど厳しく、特別で特殊で濃密な経験になるのだが、彼女は己《おのれ》の未来に待ち受けていることなど、まだこれっぽっちも予感していない。

それはさておき。

「わたくしたちも年が明ける頃には番隊に組み込まれたりするのかしら。それともこのまま独立小隊としての活動を継続していくのかしらね」

ドゥイエンヌが気になる未来は、団内における自分たちの立ち位置がどうなるのかということのようだ。さもありなん。ゆくゆくは番隊長を張って、その後、大幹部に昇り、箔《はく》をつけたところで退団、その実績を引っさげて颯爽《さっそう》とベティス公宮に登壇《とうだん》するというのがドゥイエンヌの人生設計らしいから。

さすがにベティスでも一、二を争う門閥《もんばつ》貴族の娘だと感心するガブリエラだ。

もちろんガブリエラだって、自分たちが団内でどうなっていくかが気にならないわけではない。けれど彼女は、むしろ今の立場に満足している。

レフレンシアの傍《かたわ》らで彼女の一挙手一投足《いっきょしゅいっとうそく》を見ているだけで、ガブリエラは自分の人としての水準が上がっていきそうな気がするのだ。

だから、番隊に組み込まれて華々しい活躍をするのもいいけれど——入団当初はそれを願っていた——それよりも今は、こうしてレフレンシア直属の部下として彼女と共に行動したいと思うガブリエラだった。

でも。それもこれもあれもどれも、すべてはレフレンシア様のお考え次第ね。

そう思ったガブリエラは、

「遊撃小隊がこの先どうなるのかは、偏《ひとえ》にレフレンシア様のお考え次第ですよ、ドゥイエンヌさん」

と応えるのだった。

そのレフレンシアが何を考えているかをガブリエラが知っていれば、こんな呑気《のんき》なことは絶対に言えなかっただろう。

そしてそれはドゥイエンヌにも言えることだった。

4

ベティウス滞在二日目、三日目。

特に大きな問題もなく、鋼鉄《はがね》の白兎《しろうさぎ》騎士団のベティス訪問団は、その目的を滞りなくこなしていった。

レフレンシアとアナ、クシューシカは、大公を含むベティスの首脳に挨拶をし、それぞれの首脳と個別に会談した。

個別会談の際に、レフレンシアはわざわざ遊撃小隊員を供回りとして連れていって、ベティスの首脳に紹介してくれた。公宮にまで足を踏み入れたガブリエラたち遊撃小隊員は大いに面目《めんぼく》を施すこととなった。

もっとも、彼女たちを見る首脳の目には、

「これが、噂《うわさ》に聞くあの遊撃小隊か」

という興味本位の趣《おもむき》が色濃く浮かんでいたのだが。

ただし、首脳の何人かはマクシミリエヌス一族なので、ドゥイエンヌを見る目だけが少しばかり自慢げだったのは気のせいではないだろう。まぁ……兄のダルタニゥスを除けば、であったが。

そうしてレフレンシアがわざわざ遊撃小隊を自分たちに紹介したのは、遊撃小隊の小隊長、ドゥイエンヌ・ドゥノ・マクシミリエヌスが、この先、白兎騎士団《はくときしだん》の幹部に登っていくだろうことの予告だと、紹介された首脳たちは一様にそう思った。

この時点でレフレンシアの狙いに感づいている者は、白兎《はくと》側にもベティス側にも皆無だった。

5

三日目の午後に財務卿《ざいむきょう》との会談を終えたレフレンシアやアナ、クシューシカは、公宮をあとにした。これで予定していた顔合わせや会談はすべて済んだことになる。明日の朝食会を無事に終えれば、別れの挨拶をしてクセルクス盆地へと戻るだけである。

クセルクス盆地へは馬で駆ければ半日ほどで戻れるから、明日《あす》の夕刻には我が家ともいうべきグル・マイヨール要塞に帰り着いているだろう。

三日目、最後の夜はレフレンシアの粋《いき》な計《はか》らいで、留守居役を除く団員に自由時間が与えられていた。

地元出身のドゥイエンヌなどは大いに張り切って、夜に食事をする店の候補を幾つも挙げ、皆に希望を訊いて回っていた。

「どの店も高そうなんだけど」

とジアンが指摘すると、ドゥイエンヌは胸を張って高笑いをした。

「心配しなくてもよくってよ、ジアン。わたくしはいずれの店も顔見知りですからね。あとで実家に請求を回してもらえばいいだけですわ」

「え？　それって」

ジアンとアフレアが顔を見合わせる。

「もしかして小隊長の奢《おご》りってこと!?」

「ベティウスに来たら、わたくしが奢らないわけにはいきませんでしょう?」

「いよっ、小隊長、太っ腹!」

「胸が大きいだけじゃなく、心も大きかったのね、ドゥイエンヌ。見直したわ」

アフレアが、うんうんと頷いている横で、綺麗に重なった声が上がった。

「「ごちになりま～す」」

「セリノスとノエルは、たしか首都にお家があるはずでしたわよね?」

セリノスとノエルノードの声に、さらにデイレィとウェルネシアの声が被さった。

「「「「ごちになりま～～すっ!」」」」

その迫力に、思わずドゥイエンヌが頭を引く。

「え……ええ、いいですけれどね」

「あの、わたしの家はベティウスじゃないですから、ごちになってもいいですよね?」

とガブリエラが遠慮がちに訊くと。

「あなたのお家は貧乏ですから、どこにあろうと奢って差しあげますわよ」

内心で、大きなお世話です! と突っ込みながらも、

「ありがとうございます」

と、にこやかな笑顔を向けるガブリエラだった。

そうして日が暮れると、留守居役の恨み節を聞きながら、ガブリエラたちは遊撃小隊や新雛小隊などの隊毎《ごと》に分かれ、ベティウスの街へと繰りだしていったのだった。

6

そろそろ十刻時《じっこくじ》になろうという時刻。今でいえば夜の八時頃に相当する。

幾つかある公城の食堂の一つで、アナやクシューシカ、それに外務卿エフィソスなどと共に用意された夕食を摂《と》ったレフレンシアは、食後、

「少しばかり片付けておきたいことがございますので」

とエフィソスに断って立ちあがった。

アナとクシューシカの二人はエフィソスと談笑していたが、レフレンシアは外務卿に非礼を詫《わ》びて、早々に自室へと引き揚げた。

レフレンシアが公城に宛《あて》がわれた部屋は狭くもなく広くもなく、粗末でもなく豪華でもなく、めぼしい物は寝台と執務机と接客用の長椅子に衣装棚くらいしか見当たらない。

鎧戸《よろいど》を開ければ透明な硝子《グラウス》を通して内庭を見下ろせるのは三階の部屋の利点だが、夜の闇に包まれた今は、窓から外を見ても何も見えはしない。盟友である鋼鉄《はがね》の白兎《しろうさぎ》騎士団

の団長代理を迎えるにしては味も素っ気《そっけ》もない部屋だった。

もっとも、レフレンシアはそんなことを少しも気にしてはいない。そもそも、これはレフレンシアの要望なのだ。

マリエミュール団長の就任報告のために共にベティウスの公宮を訪れたときにも、

「団長の部屋は豪華でもかまわないが、わたしの部屋はもっと質素な部屋にしていただきたいのです」

と言って部屋を代わってもらったほどだった。

レフレンシア曰《いわ》く。

「団を代表する者は豪華でもいいんだ。何しろ、伝統と格式のある鋼鉄《はがね》の白兎《しろうさぎ》騎士団の団長なんだからね。それ以外の者は、寝られればいいんだよ」

その主張に拠《よ》るのなら、今はレフレンシアが団の代表であるのだから豪華な部屋に泊まってもよさそうなものだが、彼女は今回も、いつもどおりでお願いしたいという希望を予《あらかじ》めベティス側に伝えてあった。

部屋に戻ったレフレンシアは、壁に設《しつら》えられている暖炉の火種に火を点《つ》け、薪《まき》を放り込む。すぐに赤々とした炎が立ちあがった。こんなことも部下にやらせれば済むのだが、レフレンシアに言わせると、「自分でしたほうが遥かに早い」となるらしい。

もう冬が近づいている。夜には火がないと寒いくらいだ。

赤々と燃える炎に向けて、レフレンシアが両手をかざした。炎の温《ぬく》もりが彼女の緊張感を解きほぐしてくれた。

「さて、と。支度するか」

暖炉の前で自分で自分にかけ声をくれておいてから、レフレンシアは履いている長靴《ちょうか》を脱ぎ、着ている衣服――白兎騎士団《しろうさぎ》の制服ともいえる白い裳裾《もすそ》と兎耳《うさみみ》帽子――も脱ぎ捨てた。

裸足《はだし》のまま内履きを履いたレフレンシアは、薄くて小さな下帯と胸覆いを身に着けただけの恰好で窓際に寄っていった。彼女の白い肌を、部屋の壁に設えられた燭台で燃える蠟燭《ろうそく》の炎と暖炉で燃える薪の炎が仄《ほの》かに照らしだす。

窓を覆っている遮光布《しゃこうぬの》を開けると、ひんやりとした冷気が彼女の肌にまとわりついた。外気に冷やされた窓から伝わる冷気で体の前面は冷たく、炎の輻射熱《ふくしゃねつ》で背面は温かいという、そんな不思議な感覚をレフレンシアは楽しんだ。

冷たいけれど温かい。危険だけれど安心だ。遠いようでいて、でも近い。疎遠なようでいて意外と身近だ。

レフレンシアは、そんな相反する感覚が好きだった。安定するだけでは面白くない。安心するだけでは楽しくない。微妙な均衡の上に乗って釣り合いを取ることこそが楽しく面白いのだと、そんなふうに思うことがよくある。

だから今、レフレンシアは楽しい。

両側は断崖絶壁《だんがいぜっぺき》、蟻《あり》の門渡《とわた》りのような細い山道を歩いている。彼女を取り巻く状況は、鋼鉄《はがね》の白兎《しろうさぎ》騎士団を取り巻く現状は、そんな喩《たと》えが相応《ふさわ》しい。

そして、彼女が入手したあの情報が正しければ状況はもっと厳しくなるだろう。蟻の門渡りどころか、綱渡りも同然という状況に追い込まれるに違いない。

だからレフレンシアは楽しかった。

相手の手を読み、自分の着手を仮想して、さらにその先を読んでいく。盤上で鬩《せめ》ぎ合う将棋《スカツシユ》の駒。その優劣を競うことが楽しい。

自分の読みがぴたりぴたりと嵌《はま》ったときの快感は何にも代え難《がた》いものだ。けれども、いちばん嬉《うれ》しく楽しいのは自分の読みにはない意表を衝《つ》く一手を指されたときだ。

これまでレフレンシアは、そんな指し手と出会った経験は数えるほどしかなかった。マリエミュールと対峙《たいじ》したときでさえ、相手の指し手は読めていた。ただ、あのときは彼女を詰めてしまうのが悲しくて、ぎりぎりになっても行動に移せなかった。

そんなレフレンシアの背中を強く押し、惚《ほう》けた顔をひっぱたき、呆《ぼ》けた思考をどやしつけてくれたのがガブリエラだった。

そうだ。ガブリエラは楽しい。あいつだけは、いつもわたしの意表を衝く一手を指してくれる。今までも。そして、きっとこれからも。

ガブリエラはレフレンシアの対戦相手ではなかったけれど、彼女の指し手を傍《はた》で見ているだけでも楽しかった。もっと見てみたいと思うようになった。

レフレンシアは、ふっと自嘲の笑みを浮かべた。

だからわたしは、こんな馬鹿げたことを考えてしまったのだろうな。

レフレンシアは闇の彼方《かなた》を見透かすように目を細める。そこからは街の明かりは見えないが、晩秋の風に乗って街の喧噪《けんそう》がほんの微《かす》かに聞こえたような気がした。

さてさて、今回のわたしの着手、局面にどんな影響を与えるかな。まぁ、この一手が正着《せいちゃく》でないことだけは自覚しているけど。

レフレンシアは、くすっと笑った。今度の笑みは自嘲のそれではなく、心底、楽しそうなものだった。

笑みを顔に貼りつけたまま窓際から引き返したレフレンシアは、寝台の上に広げておいた衣装を手に取り、手早く着込んでいった。

黒い筒袴《つつばかま》を穿《は》き、丈の短い暗色の裳裾を着て、さらに膝下まである外套《がいとう》——これも暗い色合いだ——を羽織っている。外套はご丁寧にも頭巾《ずきん》つきだった。

さて、これでよしと。そろそろレオノーラを呼ぶか。今回はあいつにも働いてもらわないとな。もっとも、自分では働いているという自覚なんか、これっぽっちもないだろうけれど。

7

レフレンシアは、隣の部屋に控えている特別秘書官のカイエに声をかけ、レオノーラを呼びにやらせた。

レフレンシアの出で立《い》ちを見て驚きの表情を浮かべたカイエだが、レフレンシアから何も説明がなかったので、そこは敢《あ》えて流すところだと悟って質問を控えた。このくらいの気が回らないと、レフレンシアの秘書など務まらない。

レオノーラは、それほど待たずにやって来た。

「レオノーラ、まかり越しました〜〜〜」

レフレンシアの部屋に現れたレオノーラは、相も変わらず、ふらふらと体を揺らしている。

「ご苦労さん。ちょっとつき合って欲しくてね」

現れたレオノーラは、当然の如《ごと》く団の正式衣装である兎耳付き帽子を被り、真っ白い裳裾を着用している。一方、出迎えたレフレンシアは完全な私服姿だ。履いている長靴まで団の支給品とは形状が違う。それを見たレオノーラは、団長代理の用向きが公式のものではないことを察した。

「ええと、なんにです〜〜？　あるいは、どこにです〜〜？」

レフレンシアは外套の釦《ぼたん》を留めながら、寝台の上に無造作に放り投げてある別の筒袴と裳裾と外套を指さした。

「とりあえず、あれに着替えて」

レオノーラの質問に答える気は、さらさらないようだ。

無視された〜〜。

レオノーラは不服そうな顔を寝台の上の衣装に向けた後《のち》、

「これじゃ拙《まず》いんですね〜〜？」

と自分が身に着けている白い裳裾を指で抓《つま》んで引っ張った。

「うん、拙い」

「はぁ〜〜」

レフレンシアの用向きは、ごく私的かつ、ごく内密のものらしい。

「お忍びだからね。今頃はみんなも街中に繰りだしているだろう？　歩いている途中で他《ほか》のみんなに出遭いたくはないからさ。出遭うというか、知られたくない」

なるほど、それで外套に頭巾というわけだ。

それにしても、珍しいこともあるものですね〜〜。

レオノーラは少し驚いた。

今までだって何度もレフレンシアのお供をして他国に出向いたことがあるが、公式の訪問であるならば、レフレンシアがお忍びでどこかに出かけたことなど、ただの一度もなかった。

レオノーラが意外そうな顔になったのに気づいたレフレンシアは、大げさに肩をすくめてみせた。

「そんな不服そうな顔をするなよ、レオノーラ。わたしだって、たまには羽《はね》を伸ばして、たまには羽を広げて、たまには羽を羽ばたかせてみたいじゃないか」

「いえ〰〰、べつに不服じゃありませんけど〰〰。でも〰〰レフレンシア様はいつでもどこでも羽を広げたままなんじゃないのかな〰〰？」

「ほほぉ？　そうなのかい？」

目を細めたレフレンシアが突き刺すような視線を向けると、レオノーラはぷるぷると首を左右に振った。

「あ〰〰いえ〰〰、わたしの勘違いです〰〰。レフレンシア様の羽は〰〰、いつも綺麗に畳まれています〰〰」

「そうだろう？　だから、たまにベティウスに来たときくらい、ちょっと一晩、こっそりと遊びに行く程度のことは許されてもいいと思うんだ」

「は〰〰、そうです、ね〰〰」

あまり気乗りのしない様子でレオノーラは頷いた。

「ってことだから」

レフレンシアは、廊下に立ったまま室内を覗き込んでいるカイエを手招いた。

「はい、レフレンシア様」

「わたしとレオノーラはこのあと、ちょっと出かけるけど、実はわたしは部屋で仕事をしていたんだ。判っているよね？」

カイエは小さく肩をすくめた。

「もちろん判っておりますとも」

「では、カイエはこの部屋で留守番をしていてくれ。今夜はもう誰《だれ》も来ないだろうけど、もしも誰かがやって来たら、上手《うま》く追い払ってくれよ」

「はいはい、判りましたとも」

「失礼します〰〰」

寝台の脇に立ったレオノーラは、着ている白い裳裾を脱ぎ捨てて下帯と胸覆いだけになり、掛け布の上に置いてある黒い筒袴と暗色の裳裾を手に取った。

そんなレオノーラの着替えを、レフレンシアは目を細めて注視している。

「あの〰〰、そうやってじっと見られているとすっごく気になるんですけど〰〰」

「気にするな」

「いえ、ですから気になると〰〰」

「それにしてもいいお尻だね、レオノーラ」

「ほら、そういうこと言う〰〰。なんだかレフレンシア様、どこかのすけべ親爺《おやじ》みたいですよ〰〰」

レオノーラの指摘をもっともだと思うカイエだが、そんなことをレフレンシアに微塵《みじん》も感じさせてはいけない。彼女は二人の会話に関わらないようにと、素知らぬ顔であらぬ方向を見続けた。

「何を言うか、美しいものを愛《め》でるのに男も女もないだろ」

「言ってる意味が判りません〰〰」

レフレンシアの言動を非難した割には、レオノーラ、慌てず騒がず、ゆったりと筒袴を穿き、裳裾を着込んでいく。

「レフレンシア様と一緒にお風呂に入るのが恐い……な～んて言ってる若い子なんかもいたりしますよ〰〰？」

「そんなけしからん奴には、今度風呂に入ったとき、わたしが全身隈無《くまな》く洗いまくってやると言っておけ」

「それが中年親爺だと〰〰」

「で、その若い子って誰だ？　一回生か？」

「まさか〰〰。連中にそんな繊細な子はいませんよ〰〰」

「はっはっはっ、そうだな。ドゥイエンヌなんか、もっと見せて差しあげてもよくてよ、なんて言いそうだしな」

「ドゥイエンヌは特別で特殊な部類だと思いますけどね〰〰。でも今年の一回生、遊撃小隊には〰〰、裸を見られて恥ずかしがるような可愛い子はいませんよね〰〰。図太い子ばっかり〰〰」

図太さ比べなら、おまえの右に出る者はいないだろう？

と突っ込みそうになったが、レフレンシアはとりあえず自粛《じしゅく》した。レオノーラが相手だと、何か突っ込めば、突っ込み返しが来て、それにまた突っ込むという、際限のない突っ込み合いになる虞《おそれ》があるからだ。

「遊撃小隊もだけど、新雛小隊も似たり寄ったりだな」

「今年は新人の当たり年ですよね〰〰」

「まぁ、図太い者が当たりってわけではないけどね。とはいえ今年の新人が豊作なのは間違いないな」

豊作というか、ここ何年かに比べても、今年の新人騎士の水準は図抜《ずぬ》けていると思うレフレンシアである。

入団試験の規則を逆手《さかて》に取ったガブリエラの作戦のおかげでたった十名しか入団でき

なかったから、結果として少数精鋭になっただけ、というのが大きな理由ではあったが、そうだとしても、毎年の一位入団に匹敵《ひってき》するような人材が九人も十人もいるというのは驚くべきことだった。

　中でもガブリエラ。あいつは断然面白い。奇抜で奇天烈な発想力も抜群だけど、容赦ないのがまたいい。勝利のためなら、味方も、そして自分をも危険に陥れることを厭《いと》わないのが最高だ。

　レフレンシアは入団試験の時からガブリエラに注目し、以来、ずっと彼女のことを見守ってきた。そして最近思うのだ。ガブリエラこそ、次代の白兎《しろうさぎ》騎士団を担《にな》う人材なのではないだろうかと。

　ガブリエラだけではなく、彼女と共に白兎騎士団《はくときしだん》に入った遊撃小隊の仲間たちこそが、この先、鋼鉄《はがね》の白兎《しろうさぎ》騎士団を引っ張っていってくれるのではないだろうかと、そう思うのだ。

　レフレンシアは予感している。いや、確信しているといってもいい。乱世の到来を。世の中が変われば、また鋼鉄《はがね》の白兎《しろうさぎ》騎士団も変わらなくてはならない。世の中が動けば、また鋼鉄《はがね》の白兎《しろうさぎ》騎士団も動かなくてはならない。

　レフレンシアは、それが必然だと思っている。だからこそ彼女は、こんなことをやらかそうとしている。

まずは舞台を調《ととの》えないといけない。ガブリエラたちがその能力を最大限に発揮できる舞台を。それが、それこそがわたしに課された大きな仕事だ。

どんなに非常識なことだとしても。

どんなに非情なことだとしても。

どんなに卑劣なことだとしても。

レフレンシアはその仕事をやり遂《と》げるつもりだ。たとえ自分が悪者の誹《そし》りを受けたとしても、必ず。

レフレンシアの思考を、のんびりとしたレオノーラの声が破った。

「はい着替え終わりました〰〰」

我に返ったレフレンシアが視線を転じると、茫洋《ぼうよう》として焦点の定まらない目で自分を見ているレオノーラと目が合った。

頼りなさそうでやる気がなさそうで鈍《にぶ》そうなレオノーラだが、彼女のそれが見せかけだということをレフレンシアは知っている。

こいつにも、この先の白兎《しろうさぎ》騎士団を支える一人になってもらわないとな。

「なんでしょうか〰〰？」

ふらふらと揺れながら、レオノーラが小首を傾《かし》げる。

「なんでもないよ。それより、用意ができたのなら出かけようか」

「ええと、警護の兵はどうします〜〜〜？　一人か二人くらいは〜〜〜……」

「警護の兵は要《い》らない。おまえがいれば充分だよ。わたしはな、レオノーラ、おまえのことを信頼して信用して信服しているんだ。おまえがいてくれれば、百人の兵に護《まも》られているのと同《おんな》じさ」

嘘《うそ》ばっか〜〜〜。

という思いは呑み込んで、レオノーラは、ですから〜〜〜、と言った。

「過分な評価、痛みいりますが〜〜〜……ちょっと不味《まず》くないですかぁ？」

「いいんだって。お忍びだからな。警護の兵なんか連れていたら、どこへ行くかばれてしまうじゃないか。他《ほか》の連中に知られてしまうじゃないか」

「ばれたら困るんですね〜〜〜？」

「ああ、困るな」

「じゃあ〜〜〜、まぁ〜〜〜」

仕方がないですねぇと言わんばかりに、レオノーラは首を振った。

レフレンシアの型破りな行動には慣れっこになっているレオノーラにしても、これは異例中の異例、異常の上にも異常な出来事だった。

公式の訪問の最中にお忍びで出かけることがそもそも異例なのに〜〜〜、かてて加えて、お供もなし警護の兵もなし行き先も告げないだなんて〜〜〜、もう前代未聞《ぜんだいみもん》というか〜〜〜

人跡未踏《じんせきみとう》というか〜〜、レフレンシア様ってば、いったい何をしようとしてらっしゃるのでしょうか〜〜。

レオノーラは内心で頻《しき》りに首を捻りつつ、レフレンシアの意図を怪しみ行動の真意を訝《いぶか》るのだが。

「ほら、話はあとあと。行くぞ。時間に遅れてしまう」

時間に遅れる……ってことは、誰かと落ち合うってことかな〜〜？　それとも何かが始まるのを見に行くのかな〜〜？　って、まさかぁ……。

「レオノーラ、建物を出たら頭巾を被っておけよ」

「あ、はい〜〜」

「じゃあ、カイエ、留守番、よろしく」

「はい、了解であります、レフレンシア様。この命に代えましても、予期せぬ訪問者は追い返してみせます」

「うん、まぁ、命に代えるほどの大仕事じゃないけどね。とにかく、よろしく」

「よろしくね〜〜カイエちゃぁん〜〜」

「行ってらっしゃいませ」

こうしてレフレンシアとレオノーラは、連れだって部屋を出て、公城の外へと向かったのだった。

8

正門から出ると目立つからという理由で、レフレンシアはわざわざ公城の裏手門へと回った。

空はすっかり雲に覆われてしまったようで、星も月も見えなかった。もっとも公城や街中では盛んに篝火《かがりび》が焚《た》かれていたり窓から明かりが漏れていたりして街全体が明るいから、晴れていても、この時間だとグル・マイヨール要塞で見るよりも見える星の数はずっと少ないのだが。

裏手門へ行く途中で、レフレンシアとレオノーラは、公城の護衛を任されている大公親衛隊の顔見知りの幹部と合流した。彼には前もって鼻薬を嗅《か》がせてあった。要するに時間外手数料を支払ってあるということだ。賄賂《わいろ》とも言う。

幹部は何も言わず、訪れたレフレンシアとレオノーラを裏手門まで案内してくれた。

裏手門の警護に就いていた兵に幹部が何事かを囁《ささや》くと、兵は黙って門を開けてくれた。

「やぁ、お手数おかけしました」

「どういたしまして」

レフレンシアは親衛隊幹部に挨拶して、人が一人通れるだけの大きさしかない裏手門を潜った。直後にレオノーラが続く。幹部も二人を見送ろうと門の外にまで出てきた。

「戻りは明日の朝になるでしょうから、正門から大手《おおて》を振って入りますよ」

レフレンシアが幹部にそう言うと、彼はにやりと笑って応えた。

「お気をつけて行ってらっしゃ……いえ、わたしはあなたなど見ていませんから、行ってらっしゃいとお声をかけるのはおかしいですね」

「お気遣い感謝しますよ」

レフレンシアは笑ってそう応えた。

その後ろ姿を眺めながら、レオノーラは、上司がどこに行こうとしているのかを考えている。いるが、さっぱり判らない。

もしかして賭け屋でにも行こうっていうんでしょうかね〰。たしかに、鋼鉄《はがね》の白兎《しろ》騎士団《うさぎ》の団長代理が賭け事なんて、あんまり聞こえがよくないのはたしかですけど〰、でも、それにしたって隠密行動がすぎるんじゃないかな〰？

考え込むレオノーラの肩をレフレンシアが軽く叩いた。

「ほら、行くぞ、レオノーラ」

「あ〰、はい〰」

軽やかな足取りでベティウスの街の夜の大路《おおじ》を行くレフレンシアのあとを追いかけて、レオノーラは小走りに走った。

9

ベティウスは大国ベティスの首都だけあって、十刻時になっても大路に人通りが絶えることはない。どころか、深夜まで営業している飲み屋や食事処《しょくじどこ》、賭け屋、いかがわしい店なども数多くあって、まだまだ夜はこれからだと気勢を上げる酔客《すいきゃく》などが大勢うろついている。

営業中の店は例外なく店先で篝火を焚いていた。篝火の炎に照らしだされて、街路がほの赤く染まっている。

行き交う酔客を巧《たく》みに避けながら、頭巾を目深《まぶか》に被ったレフレンシアが外套の裾を翻《ひるがえ》して軽やかに歩いていく。その後ろを、同じく頭巾を被り外套を着込んだレオノーラが、ふら～りふらふらとついていく。

レフレンシアの足取りは完全に素面《しらふ》の者のそれだが、レオノーラの足取りはどう見ても酔っぱらいのそれだ。まさか彼女までが素面で、普段からこういう歩き方をしていることなど、すれ違った酔客には想像すらできないだろう。

レフレンシアの歩調が、この時間に大路を歩く者としてはしっかりしすぎていて些《いささ》か不自然さを感じさせるのだが、後ろを歩くレオノーラの酔っぱらい同然の歩き方がその不自然さを解消しているといってもいいほどだった。

レフレンシアは辺りに気を配りながら、食事処や飲み屋などが集中している一角を通り過ぎた。

白兎《はくと》騎士団員が夜の街に繰りだしているとすれば、この辺りの店に入っている可能性が高い。店から出てきた団員と鉢合わせ……などという事態は避けたいレフレンシアである。

レフレンシアは途中で大路を曲がり、もう少し細い道へと入っていった。

このまま真っ直ぐ行けば宿屋街に出る。今回のベティス訪問団のうち、公城に滞在していない騎士団員の宿泊場所となっている宿屋もそちらにあるのだが、レフレンシアはそのずっと手前で道を折れ、細い路地に足を踏み入れた。

んん〜〜、そっちってたしかぁ。

レオノーラは自分の記憶の中から、ある情報を引っ張りだす。

色街なんじゃ〜〜〜？

色街とは、つまり男性客の色欲《しきよく》を満たすためのいかがわしい店が建ち並んでいる地区ということだ。

どうしてレフレンシアがそんな場所へと向かっているのだろうか。男ならともかく、女性であるレフレンシアが色街へ出向く理由が判らない。先ほどレオノーラは「中年の親爺みたい」と言ったが、あくまで「みたい」であって、レフレンシアは親爺ではない。色街で街娼を物色したり、裸の女の子が踊っている店で酒を飲んだり、裸の女の子に整体をさせたり、そんなことはしない……はずだが、さて、どうだろう。

レフレンシア様ならやりかねないかも〰〰？　団員の若い子を見る目つきが、ときたま妖しいですし〰〰。

あるいはもしかして、ひょっとすると、万が一、億が一、レフレンシアは誰かと逢い引きしようとしているのだろうかと、レオノーラはその可能性に思い至った。

色街にも宿屋がある。宿屋街にある宿屋と違って、こちらの宿屋は男女同伴の客を相手にする場所なのだ。というか、男女同伴の客以外は相手にしない。誰であっても料金は完全前払いに限られるし、身分を明かす必要もないという、そんな宿屋ばかりだ。

いや〰〰いやいやいや、あり得ないよね〰〰。

レオノーラは自分の脳裏に浮かんだ可能性を自分で否定する。

けれど〰〰、それにしても〰〰、いったいレフレンシア様はなんのためにこんな場所へ足を運んできたのでしょうかね〰〰。この先には賭け屋か娼館か〰〰、あるいは街娼とその客を相手にする宿屋か〰〰、そんな類《たぐい》のものしかないのにね〰〰。

レオノーラは内心に湧きあがる興味を抑え込みながら、レフレンシアに従って細い路地へと身を滑り込ませた。

10

心中で可能性を否定したレオノーラを嘲笑《あざわら》うかのように、レフレンシアはその手の店が軒《のき》を連ねる一角に足を踏み入れた。

途中、路地に立って客が通りかかるのを待っていた街娼が、蜜に群がる蜜蜂《みつばち》のように集まってきたが、二人が女性だと判ると肩をすくめて離れていった。

怪しい飲み屋とか怪しい賭け屋とか怪しい宿屋とかが軒を連ねる路地に集まっている酔客や街娼を縫うようにして歩いたレフレンシアは、やがて一軒の店の前で足を止めた。

石造りの立派な建物の前では赤々とした篝火が焚かれ、出入り口脇には用心棒だと思われる巨漢が二人、腰に剣を吊《つる》したまま、仁王立ちで辺りを睥睨《へいげい》している。その隣には仕立てのよさそうな服を着た細身の男が立っている。

ここは……。

レオノーラは素早く店構えを観察する。

賭け屋ですかねぇ？　飲み屋も兼ねているみたいですけど〰〰？　この辺ではかなり上の部類に属する店だよねぇ？

上の部類とは、賭け率が高く、大金を動かせる店ということだ。一晩で、並みの人間の年収に匹敵する、あるいはそれ以上の金が動くこともある、そんな店だ。単なる酔客が相手ではなく、裕福な商人や軍人、貴族などが主な利用者である、そんな店だ。

であるならばレフレンシアが利用しても格的にはおかしくはないのだが……。それにしても、無垢《むく》なる乙女《おとめ》のみで構成される鋼鉄《はがね》の白兎《しろうさぎ》騎士団の団長代理が訪れるに相応しい店でないことはたしかだ。

というかぁ、レフレンシア様、博打《ばくち》に手を出したりはしなかったと思いますが〜〜〜。

この異常で異様で異例で遺憾《いかん》な事態をどう考えればいいのか判らなくなってその場に立ち尽くすレオノーラを置き去りにしたまま、レフレンシアは入り口に近寄っていった。

目敏《めざと》くそれに気づいた細身の男がすっと彼女に寄ってきた。

「何かご用で……」

そこで男はレフレンシアが女だということに気づいたらしく、一拍間《ま》があった。

「すか、お客様？」

「予約しておいた者だけど」

「お名前、よろしいでしょうか？」

レフレンシアは男に顔を寄せ、そっと耳打ちした。

レオノーラは兎の耳のように自分の耳を思いきり立てて伸ばしてレフレンシアの声を聞こうとしたが、残念ながら彼女のところまで声は届いてこなかった。

まぁ、どうせ偽名《ぎめい》でしょうけど〜〜〜。

レフレンシアから顔を離した男は恭《うやうや》しい態度で店内を指し示した。

「はい、承《うけたまわ》っております。ご案内いたしますので、こちらへどうぞ」

振り返ったレフレンシアがレオノーラを手招きする。上体を揺らしながらレオノーラが駆け寄ると。

「ご苦労さん、レオノーラ。わたしはここで用事を済ませてから戻るから。まぁ朝までには戻れると思うよ。だからレオノーラは、これで引き取ってくれていい」

「あ〜〜〜、はい〜〜〜、そうです、か〜〜〜」

「言うまでもないことだけど、他《ほか》のみんなには内緒だから。もしも口外したりすれば、大変な目に遭うからね？」

「た……大変な目ってなんでしょう〜〜〜？」

「知りたいのかい？　君がどれほど大変な目に遭うのか、具体的に聞きたいのかい？」

「全然なんにも聞きたくはありません〜〜〜」

ぷるぷると首を左右に振ったレオノーラは、続けてこう言った。

「もちろん、わたしは今夜、レフレンシア様と一緒にどこかへ出かけたりはしていませんから〜〜〜レフレンシア様がどこで何をしていたのかなんて〜〜〜これっぽっちも知らぬ存ぜぬですね〜〜〜」

「賢明だね。その賢明さがレオノーラの取り柄《とえ》だ」

レフレンシアはレオノーラの肩をぽんと叩くと、

「ご苦労様」

と言い残して身を翻し、男に先導されて建物の中に姿を消した。

レフレンシアの姿が視界から消えると同時に、レオノーラは、きゃっは〰〰っっっ！

と内心で叫び声を上げた。

団長代理が〰〰！　賭け屋で〰〰！　朝まで〰〰！　賭け事を〰〰！

これは大変なことになったとレオノーラは仰天し、同時に、これは面白くなりそうだと小躍《こおど》りもする。

いやぁ、いくら団長代理命令だっていっても〰〰、こんな大事なことをあたし一人の胸の中にしまっておくことなんかできないよね〰〰。いやでも〰〰、少しここで様子を窺っておいたほうがいいかな〰〰。レフレンシア様のことだから、ここが囮《おとり》で本命は別の場所……なんてこともあり得るものね〰〰。

レオノーラは店の出入り口を見張れる場所を探した。通りの反対側の店と店との間に人が一人通れるくらいの路地があったので、そこに身を潜め、レフレンシアが入っていった店への人の出入りを見張ることにした。

レオノーラはそれから四半刻あまり、店を見張った。

大声で罵《ののし》りながら、あるいは恨み言や泣き言を言いながら出てきた身なりのいい客は何人もいた。要するに賭けで有り金を巻きあげられた客だ。けれど、レフレンシアが店から出てくる様子はなかった。

これはいよいよ本当に、レフレンシア様、賭け事に手を出しているのかもしれないですね～～。でも、こんな店で遊べるほどのお金、よく持ってましたね～～。

見張りを終えて路地から通りに出てきたレオノーラを街娼だと勘違いして絡《から》んできた酔客を叩きのめし、路地の奥へ放り込んでから、レオノーラは跳ねるような足取りで元来た道を戻り始めた。

やれやれ、レオノーラの奴、ようやく帰ってくれたか。

店の二階で部屋の窓を覆っている遮光布の隙間から密かに外の街路を見下ろしていたレフレンシアは、小さなため息を吐《つ》いた。

あいつのあの様子だと、たぶん明日の朝には訪問団の大方が知ることになるだろうな。

レフレンシアは苦笑いを浮かべた。

レオノーラに「黙っていろ！」と命じたところで彼女が黙っているはずがないのは、レフレンシアとて百も承知だ。ならば、なぜ今回、レフレンシアはこの隠密行動の供に彼女を連れてきたのだろうか。

そこにレフレンシアの真の狙いがある。企《たくら》みがある。

つまりレフレンシアは、レオノーラの口からこの隠密行動が漏れてしまうことをこそ狙っているのだ。深謀遠慮《しんぼうえんりょ》という言葉が相応しい一手だった。

窓の遮光布を戻し、背後を振り返ったレフレンシアは、抑えた口調で呼びかけた。

「お待たせしました。では、話を始めるといたしましょうか」

11

薄暗い部屋の寝台脇に一人の男が椅子に腰掛けている。

「どうにも念の入ったことですね、レフレンシア殿」

男は笑いながら手にしていた酒杯を卓上に戻した。

レフレンシアは相手に対して恭しく低頭した。

「わざわざお呼びだてして申し訳ありません、ダルタニゥス様」

12

レフレンシアとダルタニゥスは、差し向かいで椅子に腰を下ろし、くつろいだ姿勢で葡萄酒《ぶどうしゅ》を飲んでいる。

ダルタニゥスのほうも、目立たない茶系統の地味な服装だ。レフレンシア同様、彼も外套を羽織ってきたのだが、今その外套は畳まれて寝台の上に載っている。

思ったより簡素な作りの部屋にある明かりは、卓上の燭台で燃える蠟燭の炎だけ。橙色《だいだいいろ》の炎が二人の顔とその向こうにある寝台をぼんやりと照らしだしている。一見、なかなかいい雰囲気に見えるけれども……。

ダルタニゥスは葡萄酒の入った硝子《グラウス》製の酒杯を静かに卓に戻した。

「それにしてもレフレンシア殿」

「なんでしょう、ダルタニゥス様」

呼びかけるダルタニゥスに応えるレフレンシアの表情は、男女の密会というにはほど遠い、随分と険しいものだった。

「こんな場所にこっそり僕を呼びだすとは、いったいどういう風の吹き回しなのです？もしかして、これはあれですか？　いよいよ僕と、しっぽりと濡れた一夜を過ごす気になってくれたと？」

「あなたが割と本気なのか、それとも空気の読めない冗談を言っているのか、わたしにはさっぱり判りませんが」

レフレンシアは目を細め、突き刺すような鋭い視線をダルタニゥスに向けた。

「わたしにそんな気はこれっぽっちもないのは火を見るよりも明らかですね。見えませんか、火が？ でしたら、見せてあげましょう、火を」

レフレンシアが何かの呪文をぼそぼそと呟くと、彼女の指先に、ぽぅっと小さな炎が点《とも》った。

「見るだけでなく、感じさせてあげてもよいのですが。火の熱さを」

いきなり点った炎が大きくなった。

ダルタニゥスが、わたわたと両手を振り回す。

「いえいえ、要りません。要りませんとも。充分に見えていますから。火が。というか、あなたの怒りの炎が天を焦がすのが」

「ならば、いいのです」

レフレンシアは右手の指を振って、点った炎をかき消した。

ふぅ、とため息を吐《つ》いたダルタニゥスは、椅子から身を乗りだすようにしてレフレンシアの顔色を窺った。

「本題に入りましょうか、レフレンシア殿」

「そうしていただけると助かりますね。わたしも部下に黙って抜けだしてきているので、それほど時間的な余裕があるわけではないのです」

「では、端的にお訊きしましょう。僕を、僕だけをこっそりと呼びだして、どんな話をされるおつもりです？」

「そうですね。鋼鉄《はがね》の白兎騎士団《しろうさぎ》の未来とか、ベティス大公国の未来とか、そういうお話は如何《いかが》です？」

「あまり端的なお答えじゃないですね」

「ああ、これは失礼。マクトゥシュやレオノーラにはいつも指摘されるのですが、回りくどいのはわたしの性分《しょうぶん》でして、なかなか直りません」

「ご自分で判ってらっしゃるのであれば、それは重畳至極《ちょうじょうしごく》ですが」

というダルタニゥスの皮肉を一顧《いっこ》だにせず、レフレンシアは言葉を継《つ》いだ。

「それはともかく。ダルタニゥス様は、このあと、我々の未来をいちばん大きく左右しそうな要因はなんだと思われますか？」

いきなり核心に入ってきた⁉

と思ったダルタニゥスだが。

否《いな》、まだだ、と思い直す。

これは前振りに過ぎない。とすれば、この人はいったい何を話そうとして、わざわざ僕を呼びだしたんだ？

己の疑念を相手に感じさせないようにと、ダルタニゥスは、そうですねぇ、と天井を見上げて考える素振りを見せた。

「やはりルーアル・ソシエダイの出方ということになりますか」

「そうですね。考えるまでもなく、わたしもそう思います」

あれ？　見抜かれてる？

内心で苦笑しつつ、ダルタニゥスは顔を戻し、椅子の背もたれに己の背中を預けた。

「で、そのルーアル・ソシエダイが何か？」

レフレンシアはダルタニゥスの顔を正面から覗き込んできた。

「奴らが密かにシギルノジチに接触しているのはご存知ですか？」

椅子の背もたれに発条《ばね》でも仕掛けてあったのかと思えるほどの勢いで、ダルタニゥスは上体を前に乗りだした。

「本当ですか!?」

「わたしは生まれてこの方、こんな大事な話の途中で嘘や冗談を吐《つ》いたことなど、ただの一度もありませんよ」

それは……嘘だな。

「何か仰《おっしゃ》りたいことでも？」

「いえ、何も。それより」

ダルタニゥスは上体を乗りだしたまま両肘を腿《もも》の上に置いて、組んだ両手の上に顎《あご》を載せた。

「今のお話、どこからの情報ですか？　確度はどの程度ですか？」

「情報源は、我々の保護色《ほごしょく》です。確度は……そうですね、七、八割方、といったところでしょうか」

「それはまた、随分と高い……」

だが、出所《でどころ》が保護色であるならば、信用できる話だと思っていいな。

鋼鉄《はがね》の白兎騎士団《しろうさぎ》には保護色という名の情報組織があることをダルタニゥスも知っている。だが、友邦《ゆうほう》ベティスの外務卿補という立場の彼であっても、保護色の情報網がどの程度の規模でどこまで広がっているのかに関しては、ほとんど知らないに等しい。

それでも。

極秘情報が保護色によってもたらされ、白兎騎士団《はくときしだん》のみならず、ベティスもその恩恵を蒙《こうむ》ったことがこれまでに何度かあったのは事実。だからこの情報、信用に足るとダルタニゥスは判断した。少なくとも火のないところに上がった煙ではないはずだ。

「しかしレフレンシア殿、でしたら、今回の首脳会議の席上で、どうして今の件に触れなかったのですか？」

「わたしのほうから触れてしまうと、あなたとエフィソス卿のお立場としては、あまり愉快なことではないと思ったのですが」

「……ああ、そうですね。お心遣《こころづか》い、感謝いたします」

なるほど、鋼鉄《はがね》の白兎騎士団《しろうさぎ》の摑んだ重大な情報をベティスの外務省が摑んでいなかったとなれば、外務卿のエフィソスや外務卿補のダルタニゥスは何をやっていたのだ、という話になりかねない。

レフレンシア殿、基本的にキツくて厳しくて容赦《ようしゃ》はないが、こういう気配りはできる女《ひと》だよな。さすがに白兎《しろうさぎ》騎士団の長《ちょう》にまで登り詰めるだけのことはある。

「何か仰りたいことでも？」

「いえ、何も。それより」

と先ほどと同じ言葉を繰り返し、ダルタニゥスは素知らぬ顔で話を進めようとする。

「両者の接触、何が目的かは探れましたか？」

「今のところ目的までは判りません。判りませんが」

レフレンシアが意味ありげに言葉を切ると、ダルタニゥスがそれを受けた。

「そうですね。犬猿《けんえん》の仲の両国が接触するというだけでも青天の霹靂《へきれき》だ。であるならば、よほど大きな話を持っていったのでしょう。そして、現状、そんな大きな話は」

ダルタニゥスがそこで言葉を切ると、今度はレフレンシアが話を引き継いだ。

「そうです、ベティス・白兎《はくと》に対する戦略の転換……という可能性は否定できません」

「転換というより大転換ですね。しかし、現実問題、交渉が為《な》されたとしても、それがそう簡単に何らかの成果を生むものかな」

「交渉の目的が休戦協定なのか友好協約なのか、あるいはもっと別の類のものなのかは判りませんが、いずれにせよ、ルーアル・ソシエダイにとって、シギルノジチに向ける労力と費用が節約できるのなら、それだけでもかなり大きな成果と言えるのではありませんか？」

さすがのレフレンシアも、この時点では、両国が軍事同盟にまで踏み切るとは予測できていなかった。

「仰るとおりです。ですが、そうなると、我々もうかうかしてはいられません」

「今までもうかうかしていたつもりはありませんが」

ほら、こういうところがキツい。

「何か仰りたいことでも？」

「もちろん、なんにも、これっぽっちも、欠片《かけら》もありませんよ。ただ」

「ただ？」

「いえ、そうですね、ではこう言い直しましょうか。こちらも褌《ふんどし》を締め直さないとならないと」

ダルタニゥスの話に知らない単語が出たので、レフレンシアは眉を顰《ひそ》めた。

「ふんどし……とは？」

「あれ？　ご存じありません？」

「知りませんね」

「そちらのヨーコさんに訊くと教えてくれると思いますがね、褌というのは」

ダルタニゥスは、懇切丁寧《こんせつていねい》に褌という物を説明した。その形状から機能までを身振り手振りつきで。

「なので、『褌を締め直す』という諺《ことわざ》は、よりいっそう気を引き締めるとか、勝って兜《かぶと》の緒を締めるとか、そういう意味で使われるんですよ」

「なるほど。つまり、それは男子の使う物なのですね」

「極東《きょくとう》の島国のことですから、僕も詳しくは知りませんが、そのようですね」

レフレンシアは、あくまで真面目《まじめ》な顔を崩さないまま応えた。

「よかった。その形状だと、女子が締め直したら、ちょっと痛そうです」

「いえその……僕は女子ではないので、それが痛いのかどうかまではさっぱりすっかりうっかり判りませんが」

「男子にしても、きつく締めたら痛そうですが」

「あ、いや、僕は締めたことがないので実際どうなのかは判りませんが」

思わぬレフレンシアの切り返しに、しどろもどろのダルタニゥスである。

「いずれにせよですね」

レフレンシアは横道に外れそうな話題を元に戻していく。

「保護色の活動にも限界があります。これ以上のことを探りだすのは難しい。ここから先は御国《おくに》の仕事です、ダルタニゥス様」

保護色はあくまで民間人を装っている。情報網を張り巡らせているのも主《しゅ》として商人の世界である。使える金にも限度がある。王宮の奥の出来事を探るのには不向きなのだ。だからレフレンシアは、ここから先はベティスの情報組織の出番だと言っている。

ダルタニゥスは表情を引き締め、重々しく頷いた。

「そうですね。とはいえ、我がほうであっても、相手がルーアル・ソシエダイ王国とシギルノジチ経国となると、なかなか難しい仕事になりますが、やってみる価値はある。というか、やらなくてはならない」

そう自分に言い聞かせたダルタニゥスは、ふと思いついたように顔を上げた。

「しかし、レフレンシア殿、たしかにこの話、まだ他《た》の首脳に聞かせたくないものではありますが、このためだけにわざわざこんな場所を用意して僕を呼んだのですか？」

「いいえ」

レフレンシアがあまりにもきっぱりと否定したので、ダルタニゥスは面食らった。

「では、他《ほか》にどんなお話が……」

「それはですね」

レフレンシアはわざとらしく声を落とし、きょろきょろと周りを見渡し、いかにも重大な秘密を打ち明けるのだという雰囲気を作りだした。

「先ほども言いましたが、我が白兎騎士団《しろうさぎ》の行く末について少しばかり思うところがあるのです。考えることがあるのです。ダルタニゥス様には、そのお手伝いをお願いできないかと思いまして、ご無礼を顧《かえり》みず、このような場所にお呼びだていたしました」

「いえ……あなたと僕の間柄《あいだがら》だ、それは全然かまいませんけど」

「まぁ、言ってみれば、ちょっとした悪巧みの片棒を一緒に担いでいただけませんか？　というお話ですよ。わたしとダルタニゥス様がどんな間柄なのか、わたしはよく知りませんが、ダルタニゥス様がそう仰るような間柄であるのなら、きっとご協力いただけるものだと、わたしは信じておりますよ、ええ」

ダルタニゥスは、うっっ、と頭を引いた。

ほら来たぞ。のっぴきならない局面に差しかかっているぞ。

とダルタニゥスは用心し、警戒もする。

しかし、用心するにも警戒するにも、すでに遅すぎるともいえる。ここからレフレンシアがどんな話を持ちだすのかはさっぱり判らないが、もう拒《こば》むことは難しいだろう。拒むのであれば、最初から誘いに乗るべきではなかったのだ。誘われた時点で、それらしい理由を言って断るべきだったのだ。

レフレンシアから意味ありげな誘いがあれば、立場上、ダルタニゥスは何事かと興味を抱《いだ》かずにはいられない。それが判っているからこそ、レフレンシアは彼の立場、彼の興味を上手く利用したのだろう。

結局、毒を食らわば皿までと、そういうことか。

内心で大きなため息を吐《つ》いたダルタニゥスは、それでも、

「とりあえずお話だけは伺いますよ。協力するかどうかは、聞いたあとの判断とさせてください」

と最後の抵抗を試みた。

もっともダルタニゥスとしては、話を聞いてしまえば断る余地はほとんどなくなるだろうなと思っているのだが。

レフレンシアは、一瞬、口の端を歪めるようににやりと笑った。美味《おい》しそうな獲物を捕まえた飛竜を連想させる凄絶《せいぜつ》な笑みだった。

「では、話させていただきます」

と前置きしてから、レフレンシアは今後の情勢分析と、それを踏まえた己の構想を、淡々とした口調で語ってみせた。

最初のうちはレフレンシアの情勢分析の的確さに感心しつつ、鋭い読みに内心で唸《うな》りつつ静かに聞き入っていたダルタニゥスだが、やがて話が佳境に入ったところで目を見開き、顎を落とし、驚愕の表情を浮かべて固まってしまった。

「そして、ここからが肝心な部分なのですが……」

レフレンシアが「肝心な部分」に触れ始めると、ついに堪《たま》らず、ダルタニゥスは叫び声を上げてしまった。

「ちょ、ちょょっと待ってください、レフレンシア殿！」

「おや？　どうかされましたか、ダルタニゥス様？」

「いや、銅貨というか銀貨というか……」

「お！　この期に及んでなかなかお上手《じょうず》な洒落をかましますね」

「ああ……申し訳ありません、話の腰を折ってしまって。どうぞ最後までお話を続けてください」

「では、そうさせていただきます」

レフレンシアは中断した話を再開させる。

ダルタニゥスの表情は、唖然《あぜん》、呆然《ぼうぜん》、愕然《がくぜん》といったものになり、最後にはぶるぶると体を小刻みに震わせるのだった。

「……というのが、わたしの考えであり、今後の方策であり、将来の展望であり、別の言い方をすればわたしの悪巧みということになるのですが、ダルタニゥス様はどう思われますか？」

「いや……どうもこうも……なんというか……なんともいえないというか……」

ダルタニゥスは目を白黒させながら、必死で言葉を絞りだすようにして、それだけを応えた。

レフレンシアはダルタニゥスの反応を楽しむかのように彼を眺めて笑っている。

卓上の酒杯に手を伸ばしたダルタニゥスは、酒杯をあおり、残っていた葡萄酒を一気に飲み干した。

少し震える手で空になった酒杯を卓に戻したダルタニゥスは、やはり少し震える声で言った。

「な……なかなか大胆なことを……考えますね、レフレンシア殿は」

「ああ、それは自分でも認めますよ」

「大胆なことというか、とんでもない悪巧みというか」

「ああ、それはあまり認めたくはありませんが」

「いやいや、あなたがご自分で仰ったんですよ、悪巧みだって」

「あれ、そうでしたっけ」

こ……この女《ひと》は。

大きなため息を吐《つ》いたダルタニゥスは、顔を上げ、レフレンシアに視線を据えた。

「ですが、しかし、そんなことが認められるものなのですか？」

「たしかに、こんな前例はありませんねぇ。いやでも、初代にまで遡《さかのぼ》れば、あることになるのかな？」

「そんな神話の時代の話をされても、白兎騎士団《あなたがた》の幹部は納得しないでしょう？」

レフレンシアが苦笑を浮かべる。

「神話時代というほどの大昔じゃありませんよ。まぁ、伝説の時代ではあるのでしょうけどね」

「神話だろうが伝説だろうが、僕はどちらでもいいんですが……でも、実現可能なんですか、それ？」

「騎士団内部のことは、わたしがなんとかしますよ。そのための団長代理だ。相手の気づかないうちに外堀を埋め、内堀を埋め、出城《でじろ》を陥《お》とし、丸裸になった本城に攻め込む。そんな手順で」

「いえそれ、団長代理、関係ないじゃないですか」

ダルタニゥスは呆れ果てたといった表情になっている。

「にしても、レフレンシア殿は、本当にそれが必要だと思っているんですか？　そこまで過激なことをする必要があると？」

「思っています」

レフレンシアの断固たる返答に圧《お》されるように、ダルタニゥスは頭を引いた。

「必要というより、これしかないというべきでしょう。我が白兎騎士団《はくときしだん》と御国の未来を考えたとき、我々が打つ手はこの一手。相手の意表を衝き、相手の思考を乱すこの一手は必要不可欠だと」

　相手の意表も衝くだろうけど、味方の意表も衝くだろうなぁ。相手も混乱するだろうけど、それ以上に味方が混乱するのではないかなぁ。

　ダルタニウスはそんなふうに危惧するのだが。

　しかし、けれど、面白い一手ではある。

　と、そう認めざるを得ない。

「こんな奇抜で奇天烈で奇想の一手、あなたでなければ思い浮かばないでしょうね」

　そうダルタニウスが言うと。

「いえいえ。もっと奇抜で恐ろしいほど奇天烈で真似のできないほど奇想の一手を打つ者が、我が白兎騎士団《しろうさぎ》にはおりますよ」

「……ガブリエラ君ですか」

「ええ。今回は彼女自身が標的なので、その才能を発揮する局面はないでしょうけど」

　たしかに彼女は素晴らしい才能の持ち主だ。恐ろしいほどの才能と言い換えてもいい。だけど、それにしたって……無茶すぎやしないか？

　鋼鉄《はがね》の白兎騎士団《しろうさぎ》と我がベティスにとって、果たしてその選択が吉と出るのだろうか。

　ダルタニウスは、まだ確信できないでいる。未来を描けないでいる。

　そんな彼の躊躇《ためら》いを断ち切り、彼の背中を後押しするような一言を、レフレンシアは放った。

「しかし、わたしの構想を実現させるには、一つ障害があります」

「……障害か。たしかにそう言えなくもない存在ですが……」

「その障害、取り除くのを手伝っていただきたいのです。これこそがダルタニゥス様をお呼びだてした本題。そしてそれは、ダルタニゥス様にしかできないことなのです」

レフレンシアは上体を乗りだし、ダルタニゥスの顔を正面やや下側から見上げるようにして覗き込んだ。

「如何でしょうか、ダルタニゥス様？　この話は、あなたにとっても利益があるのではありませんか？」

ダルタニゥスは、またもやため息を吐《つ》いた。

「そうですね、たしかに僕にとっては利益がある。というより、正直な話、これは僕のほうから、いずれあなたにお願いしたいと思っていた話だ」

「では、お願いできますか？」

「やりますよ。まぁ、本人の気持ちを考えると多少の後ろめたさはありますが、それがお互いの利益になるのですからね」

「では、悪巧みの成就《じょうじゅ》を祈って乾杯といきましょうか？」

レフレンシアは葡萄酒の瓶を手に取った。

「やっぱり悪巧みなんじゃないですか」

苦笑しつつ、ダルタニゥスは酒杯をレフレンシアのほうへ差しだした。

レフレンシアが瓶を傾け、ダルタニゥスの酒杯に赤紫色の液体を注ぎ、次《つ》いで自分の酒杯にも液体を満たした。

「鋼鉄《はがね》の白兎《しろうさぎ》騎士団とベティス大公国の繁栄を祈って」

とダルタニゥスが酒杯を掲げると、レフレンシアもそれに応じた。

「ベティス大公国と鋼鉄《はがね》の白兎《しろうさぎ》騎士団の輝かしい未来に」

酒杯がぶつかる澄んだ小さな音が静かな部屋に響いた。

「「乾杯！」」

第2章

驚くべき噂

1

ダルタニゥスとの極秘の会談を終えたレフレンシアは、翌日の午前に訪問団を引き連れてベティウスを発《た》ち、その日の夕刻には鋼鉄《はがね》の白兎《しろうさぎ》騎士団の本拠地、クセルクス盆地を見下ろすグル・マイヨール要塞まで戻った。

旅装を解き、白い裳裾《もすそ》に兎耳《うさみみ》帽子というものの出《い》で立ちに戻ったレフレンシアが、少し遅めの夕食を摂《と》った後《のち》に、アマネーが淹《い》れてくれたお茶を自分の執務室で飲んでいると、入り口のところで誰《だれ》かの気配がした。レフレンシアの執務室の扉は開けっ放しのことが多く、団員が廊下を歩く足音が室内にも聞こえるのだ。

「マクトゥシュですけど、団長代理、いらっしゃいますね？」

という声が聞こえ、アマネーがレフレンシアのほうへ視線を向けた。

ほら、早速お出でなすったぞ。

レフレンシアは舌なめずりをしつつ、自分の秘書官に向かって頷いた。

「うん、会うよ。通してくれ」

アマネーは急いでマクトゥシュを迎えに入り口まで出ていった。

「どうぞ、マクトゥシュ様」

直《す》ぐにアマネーがマクトゥシュを連れて戻ってきた。

「お疲れ様です、団長代理」

レフレンシアの執務机の前に立ったマクトゥシュ――こちらも白い裳裾に兎耳帽子だ――が団長代理に向かって頭を下げると、レフレンシアは軽く右手を挙《あ》げて応えた。

「留守番、ご苦労様、マクトゥシュ」

「お疲れのところを悪いんですけど、少しばかりお話があります」

マクトゥシュは睨《ね》めつけるような視線をレフレンシアに据えたままそう言った。

「べつに悪くはないよ。アマネー、床几《しょうぎ》を出して」

「はい」

レフレンシアの執務室は以前に講義室だった部屋を少しばかりの改造を施《ほどこ》して使っているので、ある程度の広さは確保できているのだが、その割に余裕がなかった。何しろ四方の壁際には背が高く厚みのある書棚が幾つも置かれている上、書棚に入り切らない書物が空いてる床の上に堆《うずたか》く積まれているし、数多くの巻物が床に散乱しているし、机の上に乗り切らない団の書類までもが床の上に置かれているしで、執務室には来客用の長椅子を置くような場所が見当たらないのだ。

マクトゥシュなどは、もう少し整理整頓して使っていただきたいものですね、と多少の皮肉混じりにいつも言っているのだが、レフレンシアは、これで問題ないさ、と取り合おうとしないのだった。もっとも、そう言うマクトゥシュの執務室も大量の書類で足の踏み場もないのであるが。

部屋の中程に散乱していた書物や巻物を片付けて空間を作ったアマネーは、そこに折り畳みの卓を置き、卓の両側に床几を二つ、広げて置いた。

レフレンシアとマクトゥシュが卓を挟んで向き合う恰好で床几に腰を下ろすと、改めてお茶を淹れたアマネーが、お茶の入った器を運んできた。

「では、失礼します」

「うん、ご苦労さん」

お茶を置いたアマネーが控え室へと下がっていくのを目で追っていたレフレンシアは、彼女の姿が消えて扉が閉まると、マクトゥシュのほうへ向き直った。

「さて、話とは何かな？」

マクトゥシュは、小さな咳払いを一つしてから、おもむろに口を開いた。

「ちょっとおかしな噂《うわさ》を耳にしたもので、確認に来ました」

「おかしな噂」には思い切り心当たりがある。というより、自分からそう仕向けているレフレンシアは、待ってました！　と諸手《もろて》を挙げたい心境だ。とはいえ、そんなことをマクトゥシュに感じさせるわけにはいかない。レフレンシアは何食わぬ顔で不思議そうな表情を作って首を傾《かし》げた。

「わたしに関することなのかな？」

「ええ……まぁ……そうなのですけど」

「なんだ、マクトゥシュらしくないね。訊きたいことがあるなら、ずばっと訊けばいいじゃないか」

「では、お訊きしますけど」

マクトゥシュは僅《わず》かに身を乗りだした。

「今回のベティス訪問の際に、団長代理が夜遊びをしたという噂が流れていまして」

「夜遊び？　わたしがかい？」

「ええ。それも、夜、こっそりと賭《か》け屋に行って、夜通し博打《ばくち》を打って大儲けしたとか、朝まで男と一緒だったとか、そんな噂が出ていまして」

「ははは、そいつは面白いね」

「笑い事ではありません！」

生真面目《きまじめ》なマクトゥシュらしく渋面《じゅうめん》を作って、戯《おど》けるレフレンシアを窘《たしな》めた。

「団長代理ともあろうお方が、訪問先の国でこっそり博打を打っていたなどという話、あるいはこっそり男と会っていたなどという話、たとえ噂話だとしても、そんな噂が出ることが由々《ゆゆ》しき事態ですよ」

「いや〜〜、そう言われてもね」

レフレンシアは頭を掻《か》いた。

「身に覚えはないのですね？」

「ないね」

「ならばいいのですが」

安堵の息を吐《は》いたマクトゥシュだが、それも束《つか》の間《ま》、眉を顰《ひそ》めて呟《つぶや》くように言った。

「でしたら、そんな噂、いったいどこから出てきたのでしょうか？　あるいは誰が言いだしたのでしょうか？」

「そうだな。ベティスでのわたしの行状《ぎょうじょう》を言い立てるとなれば、それは訪問団の一員だろうね？」

「まぁ……そうですね。となると」

マクトゥシュは、訪問団に加わっていた団員の顔を思い浮かべようとして宙を見上げ、天井を睨《にら》みつけた。

「誰かは判らないけれど、そんな噂が出るのは、わたしの不徳の致すところかな」

「なんですか、その仰《おつしや》り方は？　何か心当たりでも？」

「心当たりというか、ちょっとね、わたしもこの先のことをあれこれと考えたりしているものだから」

「……は？　この先……って、なんのお話ですか？　団長代理の夜遊びの噂とどういう関係があるのです？」

「ああ、いや、なんでもない。今のは忘れてくれ、マクトゥシュ」

レフレンシアが、広げた右の掌《てのひら》をマクトゥシュの眼前でひらひらと振ってみせると、
マクトゥシュは疑念に満ち満ちた視線を団長代理に向けてきた。

「いったい何をお考えなんですか⁉」

「いや、べつに何も考えてはいないさ。それより」

レフレンシアは思いきり真剣な顔つきになって上体を乗りだしてきた。その迫力に、
マクトゥシュは思わず頭を引いてしまう。

「保護色《ほごしょく》のもたらした情報、聞いているよね」

「え……ええ。レオノーラからの報告が上がってきましたから」

と応えつつも、マクトゥシュはレフレンシアがその話題を持ちだしてきたことに違和
感を覚える。あまりに唐突だ。

「あちらでの会談にも、その話題が上ったのですか？」

「いや。ベティスのほうではまだ把握していないようだった。なので、それとなく示唆《しさ》
してきたけど。今頃は躍起《やっき》になって探りを入れようとしている筈《はず》さ」

「ならば……よろしいのでは？」

「けれど、出遅れ感は否《いな》めないね。あるいは、そうだな、最悪の場合、すでに手遅れに

なっているかもしれない。最悪の場合というのはルーアル・ソシエダイとシギルノジチが手を結んだ場合を意味するのだけれど」

「そんな……ことは考え難《にく》いと思いますが」

「たしかに考え難い。でも、戦争の原因というものは、ときとして周りの国々が思いもよらぬところにその火種が潜んでいることがあるからね。油断はできないよ」

どうもマクトゥシュは、話題についていくのが辛《つら》くなっている。

もちろん、鋼鉄《はがね》の白兎《しろうさぎ》騎士団の指導者であるレフレンシアが話しておかしい話題ではない。むしろ相応《ふさわ》しいとさえいえる。しかし、だ。マクトゥシュが「団長代理が密かに夜遊びを云々《うんぬん》」という噂を確認しようとした直後に持ちだす話題としては、あまり相応しいように思えない。だいいち保護色の情報だって、まだ裏が取れたわけではないのだ。

マクトゥシュも保護色の組織や人材には信頼を置いている。たった千人の組織で他国に伍してこのクセルクス盆地を維持してこられたのは、保護色の働きで他国との情報戦に勝利し続けたからと、そういえるほど保護色の存在は白兎《しろうさぎ》騎士団にとって大きかった。だから、もたらされた情報が外れである可能性は低いとマクトゥシュも思っている。

けれど、まだ確かめられていない情報をここで持ちだしてきて、それを前提にレフレンシアが話をするのが、どこかおかしく、何かずれているような感じがする。

なのに、レフレンシアは難しい顔で、重々しい口調で、マクトゥシュを驚かせることを言い放った。

「もしも万が一、ルーアル・ソシエダイとシギルノジチが手を結ぶなんて事態になったら……それはわたしの責任だろうな」

「え？　な、何を仰っているのですか？　どういう論理展開でそういう結論が導きだされるのか、わたしにはさっぱり判らないのですけど」

「いや……これもまだ結論を出すには早いよな。けれど、すべてが明らかになってからでは遅いかもしれない。わたしはそれを恐れているんだ、マクトゥシュ」

「いえ、でも……」

「そうだな、この話題はまた改めて、にしようか。続報が入って、あるいはベティスのほうで何か摑《つか》んで、もう少し詳しいことが判ってからにしよう。さすがに今日は少し疲れたのでね。もうそろそろ休みたいよ」

いきなりその話題を持ちだしたかと思えば、今度はいきなり打ち切ろうとする。やはり何か、どこかおかしい。団長代理は何を考えているのだろうかとマクトゥシュは訝《いぶか》しむが、これ以上追及するのは控えておいたほうがよさそうだ。レフレンシアが休みたいというのは、たぶん本音だろうから。

「あ、それは……申し訳ありません、お疲れのところを」

「ああ、いいよいいよ、あなたが気にすることじゃない」

床几から立ちあがったレフレンシアが、大きく一つ伸びをした。

「でも、以前に比べたら疲れが取れ難《にく》くなっているのは事実だ。もう年ってことかな」

「何を仰っているのです。レフレンシア様が『年』だったら、わたしのような年寄りはどうしたらいいんですか⁉」

「はっはっはっ、二人揃《そろ》って、そろそろ引退かな」

「ですから。この非常時にそういう冗談を仰らないでくださいな」

「うん、いや、そう、だね。悪かった。忘れてくれ」

レフレンシアの態度には、いつもの彼女に似つかわしくない、どこか煮え切らないところがある。レフレンシアの言葉には、普段の彼女に感じられる力強さが欠けている。

どうにも違和感が拭《ぬぐ》い切れないマクトゥシュである。

……いえ……まさか⁉

その可能性に思い至って、マクトゥシュは慄然《りつぜん》とした。愕然《がくぜん》とした。唖然《あぜん》とした。

まさか団長代理、本気で引退を考えているのではないでしょうね。

そんな出鱈目《でたらめ》なことがあるはずがない。そんな馬鹿なことを団長代理が考えるはずがない。

マクトゥシュは内心で己の考えを必死で打ち消そうとしたが、思い浮かんだ可能性は消えるどころか、彼女の胸の中にしっかりと巣くい、根を下ろそうとしていた。

2

それから数日後。

早朝の剣術訓練を終えた遊撃小隊の面々は、朝食を摂った後《のち》、本城《ほんじょう》内の見回りの任に就《つ》いた。

見回りといっても、特に何か警戒すべきことがあるわけではない。見回りの主眼は、建物や室内に異常がないか、破損がないか、汚れがないかなどを点検することだ。破損や汚れが見つかれば、それを庶務分隊の担当者に連絡して指示を仰ぐことになる。ちょっとした修繕《しゅうぜん》の場合など、そのまま遊撃小隊に仕事が振られる場合があって、言ってみれば体《てい》のいい小間《こま》使いに近かった。

今日も遊撃小隊は、ドゥイエンヌ班とガブリエラ班に分かれて本城の中を見回って歩いていた。本城は基本的に石造りで、部屋も廊下も夏はひんやりとして快適だが、冬になればかなり寒い。秋も深まった今日この頃は、昼間はそうでもないが、朝晩は相当に冷える。ガブリエラたちも下着を――下着とは、鎧《よろい》の下に着込む衣服という意味合いで使われている――一枚余分に着込み、長靴下を穿《は》いて朝の見回りをこなしていた。

そして五刻時過ぎ――今で言えばだいたい午前十時頃――に、ドゥイエンヌ班は休憩室に入った。

今日のドゥイエンヌ班は、小隊長ドゥイエンヌを班長に、以下、マルチミリエ、セリノス、ノエルノード、デイレィという構成だった。

ちなみに班の構成だが、最近では毎朝くじ引きで決めることにしていた。それなのにセリノスとノエルノードが同じ組になる確率が八割を超えていて、さすがに双子、よく息が合っていると仲間内でも評判を取っていた。

広めの休憩室には救急分隊の隊員が数名いただけで、がらんとしている。ガブリエラ班の姿は見当たらなかった。この休憩室の隣には室内井戸と洗い場と竈《かまど》があって、お湯を沸かせるようになっているのだ。

もう一つちなみに。

グル・マイヨール要塞は、内庭や裏庭だけでなく、建物内にも何本かの井戸が掘ってあった。いざというときの籠城戦に備えての工夫である。幸か不幸か、今までに屋内の井戸が威力を発揮するような場面は一度も現れてはいなかった……いや、お兎様の乱のあのときだけは威力を発揮したと言えるのかもしれない。

五人はお茶を淹れようと、まずじゃんけんをする。

面白いのは小隊長であるドゥイエンヌまでもが、じゃんけんに加わることだ。

ドゥイエンヌに言わせると、たかが独立小隊の隊長、踏《ふ》ん反《ぞ》り返ってお茶を淹れさせるほど偉くはないですわね、ということになるらしい。だからじゃんけんに負けてお茶を淹れることになっても本人は大して気にしていないらしい。何しろ白兎《しろうさぎ》騎士団では、大貴族のお嬢様だろうと誰だろうと、食事当番に当たれば馬鈴薯《じゃがいも》の皮むきから始めなくてはならないのだ。ドゥイエンヌも騎士団のやり方に慣れてきていたから文句一つ言わない。

ただ一人、マルチミリエだけが不満そうで、ドゥイエンヌが負けてお茶を淹れる係になると、彼女は勝っても負けても手伝いに立つことになるのだった。ドゥイエンヌも、マルチミリエの助力を断りはしなかった。

それはさておき、今日はデイレィとマルチミリエが負けた。二人が水場に向かうと、ドゥイエンヌは声を潜め、床几に座った仲間二人――セリノス、ノエルノードに話しかけた。

「二人とも、あの噂は聞いているかしら？」

「あの噂って……」

「レフレンシア様に関する、あれ？」

「そう、それですわ」

「ちらっと小耳に挟んだ程度だけど」

とセリノスが応えると、すかさず妹も続いた。

「でも、わたしたちみたいな下《した》っ端《ぱ》の耳に入るということは、あの噂、だいぶ団内に広まっている……ってことよね？」

「ですわね」

とドゥイエンヌが頷くと、セリノスが逆に訊き返してきた。

「小隊長はどの程度まで知っているの？」

「わたくしが聞いたのは、レフレンシア様には恋人がいて、その方と結婚されるために団を引退なさる……というものでしたけれど。セリノスやノエルが聞いたお話はどうだったのかしら？」

「わたしのも似たり寄ったりだね」

とセリノスが応えると、ノエルノードが頷いた。

「そうね。相手の男はどこかの王族だという話だったわ。その噂を教えてくれた先輩は『さすがに鋼鉄《はがね》の白兎《しろうさぎ》騎士団の団長代理ともなると王族と結婚できるのね、素敵』とか言って目を輝かせていたけど」

三人が苦笑していると、お茶の入った陶《とう》製の湯飲みを盆に載せたデイレィとマルチミリエが戻ってきた。

「なんの話？」

と訊くデイレィに、セリノスが応えた。

「ほら、レフレンシア様に関するおかしな噂。デイレィは聞いていないのかい？」

「ああ、聞いた聞いた」

湯飲みを卓に置いたデイレィは、空いてる床几を持ってきて腰を下ろす。

「レフレンシア様が、ベティウスに若い燕《つばめ》を囲っているって奴でしょ？」

ドゥイエンヌ、セリノス、ノエルノードが顔を見合わせた。

「わたくしたちの」

「聞いた話とは」

「だいぶ違うわね」

「あれ？　違うの？」

「わたくしたちの聞いた話は、こういうものですわね」

とドゥイエンヌが自分の聞いた噂をデイレィに説明する。

「ああ、そうなんだ。どっちかっていうと、そっちのほうが信憑性《しんぴょうせい》があるよね」

「そうだね。いくらなんでも若い燕ってのは……」

とセリノスが苦笑していると。

「お〜〜〜、いたいた」

休憩室の出入り口で大きな声が上がった。五人が顔を振り向けると、部屋に入ってきたジアンが一直線に五人の下《もと》へと駆け寄ってきた。

「さっき小耳に挟んだんだけどさぁ、レフレンシア様がベティウスで買った富籤《とみくじ》が大当たりして、獲得したその大金を元手に白兎《しろうさぎ》騎士団を退団して商売を始めるって話、本当なのかなぁ」

「ちょっと、ジアン、声が大きすぎますわよ！」

眉を顰めてジアンを窘めるドゥイエンヌの横で、ノエルノードが呆れた顔になった。

「っていうか、今頃なの？」

「え？　みんな、もう知ってるの？」

「知っていますわよ、もちろん。というか、もっと小さな声でお話しなさいと」

「あ、ごめん〜〜〜」

ジアンが手近にあった床几を持ちだしてきて五人の横に置いた。

残りの四人、ガブリエラ、アフレア、ウェルネシア、レオチェルリもジアンに少し遅れて入室してきた。

ジアンは先客の五人の顔を見渡して訊いてきた。

「で、みんなは、いつ、どういう話を聞いたのさ？」

ドゥイエンヌは、もう繰り返すのも飽きたという顔でセリノスに向かって手を振った。

「よろしく、セリノス」

「はいはい」

笑いながら、セリノスは自分たちやドゥイエンヌが訊いたという噂の内容をジアンに話して聞かせた。

「ああ、そうなんだ。自分が聞いた話とはかなり違うなぁ。でも、なるほど、そっちのほうが本当っぽいね」

「といいますか」

床几に腰を下ろしたガブリエラも参戦した。

「理由はともかく、もしも万が一本当にレフレンシア様が退団なさったら、大変なことですよ？」

真面目くさった顔で、うんうんとジアンが頷いた。

「この大事《だいじ》なときにレフレンシア様がいなくなっちゃったら大事《おおごと》だよね〜〜〜」

「そうですわね。白兎《しろう》騎士団《さぎ》には優秀な幹部の方が何人もいらっしゃいますが、時代を読む先見性、団員を導く指導力、他国との交渉を始めとする政治力など、レフレンシア様の経験と能力は抜きんでていますものね」

「ドゥイエンヌさんの仰るとおりです。しかもこのあと、ベティスとルーアル・ソシエダイの争いはますます激しさを増していくでしょう。そうなったとき、騎士団にレフレンシア様がいらっしゃるのといらっしゃらないのとでは大違いです」

そう言うガブリエラの顔には、やや不安そうな色合いが浮かんでいる。

「あと数年待ってくだされば、わたくしが替わって差しあげることもできますのに」

ドゥイエンヌは本気で言っているようで、苦笑するしかない八人――マルチミリエだけは真剣な顔で頷いている――だった。

「やっぱりガセじゃない？　レフレンシア様ほどのお方が、この大事《だいじ》な時期に自ら団を辞めようなんてこと、言いだすとは思えないんだけど？」

というウェルネシアの言葉を、すかさずデイレィが引き取った。

「でもさ、火のないところに煙は立たないって言うじゃないか。これだけ噂が広まっているというのは、何かしら下地があるからこそ……なのじゃないかな？」

「う〰〰ん」

みんな、難しい顔で唸《うな》り、考え込んでしまった。

すると、そこへ、アスカを先頭に新雛《ひよこ》小隊の面々が休憩室に入ってきた。

3

「お、先輩方」

「あら、お疲れ様ですわね」

「ドゥイエンヌさん、お疲れ様。一緒してもいいかな？」

「どうぞ」

ガブリエラたちが床几をずらして空間を作ってやると、空いている床几を持ちだしてきたアスカたちが適当な場所に床几を置いた。

「失礼しま～す」

「すみません」

「お邪魔するネ」

遊撃小隊の面々に挨拶してから新雛小隊の六人は床几に腰を下ろしたのだが、すぐにシェーナが腰を浮かせた。

「ああ、こちらもお茶が欲しいね。淹れてこよう」

「手伝おう」

と続けてラツィーナが腰を浮かすと、ハイミオ、リンデル、フェレッラも次々と立ちあがった。

ぞろぞろと水場へ移動していく五人の背中にアスカが声をかける。

「そんなに大勢で行っても仕方ないだろう。二人いれば充分だ」

「まぁ、いいじゃない。くじ引きするのも面倒だし。あ、隊長は来なくていいからね。そこで待ってて」

「言われなくても行かないよ」

「あははは」

笑いながらシェーナが手を振って寄越した。

やれやれ。あの五人、仲がいいな。というか、よすぎるくらいだ。入団試験の経緯《いきさつ》もあって連帯意識が強まったんだろうけど、あんまり仲がよすぎるのも問題なんだけどな。

とアスカは考える。

けれど、アスカは知らない。いま彼女が考えたことは遊撃小隊の十人にも当て嵌《は》まるのだということを。

以前、レフレンシアは、

「君たちのように同期の仲間全員が仲のよいのは珍しいことだ」

とガブリエラたちに言ったことがあった。

その言葉はつまり、同期ともなれば出世争いという側面がどうしても出てくるから、足の引っ張り合いや意地の張り合いなども珍しくないということの裏返しである。

遊撃小隊も新雛小隊も、同期生の数が少ないのと同時に、入団試験を共に闘った仲間——むしろ戦友——だという思いが強く働いているからこそ、いつもの年より強い連帯感が生まれているのに違いない。であれば、レフレンシアの意図、目的は充分に達せられたといえよう。

この結果を見たレフレンシアは、少数を何度かに分けて入団させるのも悪くはないなと思うようになっていたのだが、今は関係のない話なので、とりあえずおいておく。

もっともアスカ自身には、他の新雛小隊員のような仲間意識や連帯感はない。白兎騎《しろうさぎ》士団に入団した動機、つまり騎士団の内情を探って、その情報をオケィアノスに、あるいはどこかの組織に高く売りつけようという彼女の動機からすれば、当然の話だ。

そんな彼女でも、シェーナたちから姉のように慕われたり、有能な小隊長として信頼されたりすることは思ったほど嫌ではなく、それがアスカ自身にも少し意外だった。

なんだろうね。こういうのって馴れ合いみたいで嫌いだったんだけど、そんなに悪くはない……かも。ん、でも、いつまで白兎《ここ》にいるか判らないから、あまり親しくなりすぎないようにしないとな。

お茶を淹れにいった新雛小隊の面々の背中を目で追いながら、そんなことを考えるアスカだが、みなの姿が隣室に消えると、顔を戻して、ドゥイエンヌに声をかけた。

「ところで、先輩方、難しい顔してなんの話をしてたんです？」

「何って、あれですわよ。ほら、レフレンシア様に関する噂」

「団長代理の……噂？」

アスカが怪訝《けげん》そうな顔になる。

「あら、聞いていませんの？」

「はあ」

実は聞いている。騎士団の内情を探りに来たアスカのことだ、騎士団の人の動きには敏感だし、つねに聞き耳も立てている。誰かが積極的に話しに来なくても、団で流れている噂くらいは把握している。が、ここでは相手に詳しく話してもらおうという意図で、わざと聞いていないと言った。

「まだ下っ端のわたしたちは、あんまり噂とか入ってこないもので」

と惚《とほ》けてみる。

これも嘘《うそ》だけど。シェーナ辺りは聞いていそうだけど、ま、いいか。

だが、人が知らないことを自分が知っていて、それを相手に教えてやれる、というのはドゥイエンヌにとって歓迎すべき状況らしく、彼女は胸を張り、いかにも自慢そうな顔で言った。

「仕方がありませんわね。では、教えて差しあげますわ」

そこで胸を張る意味がやっぱり判らないんだけど。

傍《はた》で見ているジアンなどは、思わず内心でそう突っ込むのだが。

「あ、よろしくお願いします」

アスカが嬉しそうに頭を下げたので、ドゥイエンヌはますます反《そ》っくり返るのだった。

こいつ、ドゥイエンヌは、腕も度胸も頭脳も決断力もあるけど、けっこう扱い易《やす》い質《たち》だよな。

頭を下げ、ドゥイエンヌの足下を見たまま、アスカはそう断ずる。

いっぽう、あいつは。

頭を上げたとき、アスカは一瞬だけ視線をガブリエラに向け、そして直《す》ぐに逸らせた。

ガブリエラは、隣に座るジアンと何か話していて、アスカの視線には気づかなかったようだが。

ガブリエラは扱い難《にく》そうなんだよな。扱い難いというか、騙《だま》し難いというか、欺《あざむ》き難いというか。レフレンシアとかレオノーラなんかと同種の、油断ならない匂いがする。

ちょっとでも気を抜くと自分の目的を覚《さと》られそうで、アスカは遊撃小隊と同席になる度《たび》に少し緊張する。もっとも、その緊張を相手に覚られるほど甘くはないが、それでも気疲れするよなぁ、と思うアスカだった。

でも、レフレンシアの前に出るよりはずっとマシだけど。あの女が相手だと何を隠してもすべて見透《みす》かされてしまいそうな気がするんだよな。

だから、新雛小隊みたいな独立小隊だと目立ってしまうから、どこかの番隊か分隊に組み込まれたいと思うアスカだが、今のところ、レフレンシアがその希望を叶えてくれそうな気配はなかった。

「噂というのはですね、レフレンシア様には将来を誓い合った殿方がいて、その殿方と一緒になるために白兎騎士団《しろうさぎ》を辞められるのではないのか、というものですわよ」

レフレンシアが団を辞める⁉　それは初耳だな。

アスカが聞いた話は、ベティス訪問の際、レフレンシアは最後の夜を一人こっそりどこかで遊んできて朝帰りだったというものだ。何をして遊んでいたのかというと、ある者は博打だと言い、別のある者は、男と遊んでいたのでは？　と言った。

どちらにせよ、鋼鉄《はがね》の白兎《しろうさぎ》騎士団の団長代理としては誉められた行為ではない。特に男遊びだとすると、誉める誉めない以前の問題、大問題だ。鋼鉄《はがね》の白兎《しろうさぎ》騎士団は守護天《しゅごてん》アルアラネの加護《かご》を戴《いただ》く乙女《おとめ》から成る集団であり、アルアラネは大の男嫌いの守護天なのだから、もしそれが本当なら、除団処分に相当する行為といえる。

しょせん噂話だからな。真偽のほどは定かじゃない。今のドゥイエンヌの話のように、結婚するから辞めるってほうがまだ信憑性が高いな。それだったら、周りから何か言われたらさっさと辞めて結婚してしまえばいいだけだものな。理由はどうであれ、あいつが辞めてくれるのなら、わたしとしては大歓迎なんだけど。

レフレンシアさえいなくなってくれれば、もう少し楽に白兎《しろうさぎ》騎士団の内情を探れる気がするアスカだった。レフレンシアがいなくなることで騎士団の未来が危《あや》うくなろうがどうしようが、今の時点でアスカには関係ないことだ。

「もっとも、別の噂では、レフレンシア様はベティスに若い燕を囲っているだけだという話ですから、その場合は団を辞めたりはしないかもしれませんけどね」

若い燕!?　……それこそないだろ。

と思ったアスカだが、否定するにしろ肯定するにしろ、ここで反応するのは拙《まず》いだろうと思い、首を捻るに留めておいた。

「なんの話ですか〰〰?」

お茶を淹れて戻ってきたシェーナが、話に首を突っ込んできた。

「いえ、ですから」

ドゥイエンヌは少し声を落とし気味にして応えた。

「レフレンシア様に関するお噂ですわよ」

「ああ、あれか」

「ん？　何か聞いてるのか、シェーナ？」

素知らぬ顔でアスカがそう訊くと。

「え〰〰と」

床几に腰を下ろしたシェーナが周りを見渡して頭を掻いている。

「言っちゃっていいのかな？」

「いいから、お話しなさいな」

ドゥイエンヌに促され、シェーナは、じゃあ、と身を乗りだした。

「小耳に挟んだだけなんですけどね」

と前置きしてから、シェーナは言った。

「団長代理、非合法の賭け屋で大儲けして、もう一生遊んで暮らせるだけのお金を手にしたから、それで団を辞めるとかどうとか」

シェーナの聞いたこの話がいちばん原型に近いのだが、そんなことは誰にも判らない。

「あ、それそれ、わたしも聞いた」

と手を挙げたのはフェレッラだった。

「朝までで、自分の背丈以上も金貨を積んだって」

「金貨⁉」

ドゥイエンヌだけでなく、他《ほか》の遊撃小隊員も目を剝《む》いた。

金貨は支払いの手段としてはあまり使われていない貨幣だ。流通量が少なく、しかも高額なので、通常の売買の支払い手段としては適《てき》さないからである。

金貨によって価値にばらつきはあるが、最近ベティスで鋳造《ちゅうぞう》された大公在位二十年記念金貨だと、一枚で並みの銀貨三十枚以上の価値がある。その金貨を背丈以上の高さで山と積んだとなれば、なるほど、一生遊んで暮らせるかもしれない。

「背丈を超えるまで積まれた金貨など、わたくしも見たことがありませんわね」

とドゥイエンヌがため息を吐《つ》く。

「小隊長が見たことないなら、ここにいる誰も見たことないよなぁ。一度くらい見てみたいもんだ。なあ、ガブリエラ？」

「え？　ええ、そうですね」

「白兎騎士団《しろうさぎ》の白銀《しろがね》の鎧を、そうだな、百人分くらい盗みだせば、見られるかもしれないよ、ジアン」

　とデイレィが戯けると。

「なんかヘマやって団を追放されることになったら、一緒に挑戦してみようか？」

「いや、自分で言っといてなんだけど、わたしを誘わないで一人でやってよ」

「え〰〰、自分一人じゃ重くて運べないよ」

とぼやいたジアンは、そこにいる全員を見渡して、そしてアスカに目を留めた。

「じゃあ、アスカ」

「は？　何がです？」

「いやほら、こういう危ない仕事を手伝ってくれそうなのってさ、デイレィ以外だと、アスカくらいしかいそうもないから」

「いえいえ。わたしもご免蒙《こうむ》りますよ」

アスカにきっぱりと断られ、ジアンはがっくりと肩を落とす。

「ちぇ〰〰っ」

「ジアン、白銀の鎧を盗みだす前提で物事を考えないほうが」

とガブリエラが優しく突っ込むと、ドゥイエンヌがしゃしゃり出てきた。

「わたくし、ジアンが手っ取り早くお金を儲ける方法を思いつきましたわよ」

「え？　ほんと？　どんな⁉」

ジアンが期待に満ちた目でドゥイエンヌを見上げると、彼女は胸を張って応えた。

「珍獣として見せ物小屋に売られていくことですわ！」

どっっと笑いが沸いた。

「生きた猿人《えんじん》、人の言葉を解するお猿《さる》！　そういう触れ込みで売りだせば、きっと必ずいい値段で売れますわよ。ジアンの場合、絶対にばれませんものね」

「ばれるよ！　ばれないわけがないじゃんかっっ！」

憤慨したジアンが、遊撃小隊の仲間の顔を見回した。

「ほら、みんな、小隊長に何か言ってやって！」

「あ〰〰」

「え〰〰」

セリノスとノエルノードが言葉に詰まっているのを見て、ジアンの目が細められた。

「まさか、小隊長の言うとおりだとか、思っていないよね？」

「も、もちろん」

「思ってなんか、いないわよ？」

思っているなぁぁぁ。

ジアンは拳を固く握りしめ、凄まじい目つきで二人を睨めつけた。

「いやでもたしかに、団長代理なら賭け事も強そうだけど、一晩で金貨を山積みって、そこまで勝てるかな？」

と疑問を呈《てい》したのはデイレィだ。

「わたし、ちょっと裏社会のことも知ってるんだけどさ、賭け金青天井《あおてんじょう》のような危ない賭け屋って、自分たちが認める限度を超えて大勝ちしてしまった馬鹿ヅキの客なんか、許しておかないのがふつうだけど」

そうだな。勝ちすぎた客は、帰り道で正体不明の強盗に襲われたりするからな。実際、儲けた客の護衛の仕事をしたときに、襲ってきた連中と闘《や》り合ったこともあったたし。

デイレィ以上に裏社会に詳しいアスカも、自分の背丈までも金貨を積んだという話は胡散臭《うさんくさ》いなと思う。

「でもさ、あのレフレンシア様よ？　文句を言ってきた店員とか用心棒とか、皆殺しにしちゃったんじゃないの？」

アフレアがそう指摘する。冗談ではなく、本気で言っているようだ。

それは……あり得るな。

実際にレフレンシアから魔術攻撃を喰らって負傷したことのあるアスカは、彼女ならやりかねないと、そう思う。

「いえ、まさか、そこまでは」

とドゥイエンヌが首を傾《かし》げていると、突然、休憩室の出入り口で声がした。

「わたしがどうかしたのかい？」

「どわぁぁぁ〰〰っっ⁉」

仰天のあまり、全員揃ってひっくり返った。

4

「ん？　どうした？　何故《なぜ》そんなに驚くんだ？」

休憩室から顔を覗かせたレフレンシアが、不思議そうな顔をこちらに向けている。

皆は慌てて身を起こし、倒れた床几を拾いあげ、そそくさと座り直した。

腰を下ろしたドゥイエンヌは引き攣《つ》った笑顔をレフレンシアに向ける。

「いいえ、なんでもありませんわ。ちょっとサボっていたら、いきなり団長代理のお声が聞こえたので、驚いてしまって……」

「そうそう、そうだよね？　仕事をサボっててちょっと後ろめたかったから驚いただけだよね？」

とジアンがドゥイエンヌのあとに続いたが、どうも藪蛇《やぶへび》だった。

「へえ。サボっていたのか、君たちは」

レフレンシアが休憩室内に足を踏み入れ、ガブリエラたちのほうへと歩み寄ってくる。

「あ、いえ、それは」

遊撃小隊員も新雛小隊員も弾かれたように腰を浮かせ、身を固くしてその場に気をつけの姿勢を取る。

白兎《はくと》式敬礼を行った後、ドゥイエンヌが、

「申し訳ございません」

と頭を下げた。

「規定よりも長い休憩時間を取ってしまったようです」

「すみません〜〜〜」

「ごめんなさいぃ」

ドゥイエンヌに倣《なら》って、ガブリエラたちも頭を下げると。

「だったら、早く仕事に戻るべきだね」

「そうですわね。レフレンシア様の仰るとおりですわ。で、では皆さん、仕事に戻るといたしましょうではありませんかですわ」

どこか言葉遣いがおかしいドゥイエンヌだが、そんなことを指摘している余裕は他《た》の隊員にもなかった。

「いや、まったく小隊長の言うとおりだね」

というセリノスの声を合図に、全員が立ちあがり、床几を畳み、部屋の隅に片付け、そそくさと部屋から出ていこうとする。

そこで振り返ったドゥイエンヌが、にんまりと笑いながら言った。

「新雛小隊のみんなはまだ来たばかりですものね、ゆっくり休憩するとよいわね」

あ、汚ね〜〜〜、あいつ、後始末をわたしたちに押しつけていきやがった。

ドゥイエンヌを睨み返すアスカだが、そのときにはもう遊撃小隊員は全員が部屋から出ていってしまった。

意外とやるじゃないか、ドゥイエンヌさんよ。

悔しそうな表情で出入り口を睨んでいたアスカが、ゆっくりと顔を戻すと。

新雛小隊の残りの五人が、氷の息吹《いぶき》を竜から喰らった哀れな犠牲者のように、床几に座った体勢のまま固まっていた。

「あ、え〜と」

アスカが内心で冷や汗を流しながら、ゆっくりと腰を上げようとすると。

「ちょうどよかった。新雛小隊に頼みたいことがあるんだ」

ぎくり。

アスカの動きが止まった。

「……なんでしょう？」

「秘密の頼みだから、わたしの部屋まで来て……」

と言いかけたレフレンシアが室内を見渡すと、先ほどまで向こうで休憩していた救急分隊員たちがいつの間にか姿を消していた。どうやら遊撃小隊が出ていくのに便乗したらしい。

「誰もいないな。だったらここで話してもいいか」

飛竜の巣窟《そうくつ》に取り残された冒険者の心境だよ。

アスカは内心でため息を吐《つ》いた。こうなると、もう逃げようがない。彼女は腹を決めて浮かせた腰を戻した。

「はいはい、お聞きしますよ。団長代理のご命令とあらば、拒否はできませんからね」

「いや、命令じゃない。これは頼み事だ」

「どう……いう意味です？」

「つまりさ、他《ほか》の団員に内緒でちょっと調べて欲しいことがあるんだ。団の正式な任務には当たらないから、だから個人的な頼み事」

「はぁ。まぁ、いいですけど。で、どんな内容なのです？」

「わたしに関する噂は知っているかい？」

とレフレンシアが声を落とし気味にして訊くと、シェーナたちが、ぶふぅっっ！　と噴いた。

5

レフレンシアがにやりと笑う。

「なるほど、知っているんだね」

「あ、いえ、あの、その……」

わたわたと手を振り回しながら、しどろもどろになってシェーナが応えた。

「べ、べつに興味本位で自分から訊きだそうとしたとか、そういうことは全然なくってですね、なんといいますか、こういうのって、耳を塞いでいても自然と耳に入ってきてしまうといいますか……」

「ああ、判っているよ。言い訳はしなくていい」

シェーナやリンデルが安堵の息を吐《は》く。

「その噂がどんな内容なのか、どこまで広まっているのかを調べて欲しいと、そういうことさ。やってくれるかい、アスカ？」

「いえ……そういう調査なら、特務分隊がいるのでは？」

「だから。これは団員には内緒の仕事だから。わたしに関する噂を調べろなんて、特務分隊に命令できると思うか？」

「あ〜〜〜、し難《にく》いっすね、たしかに」

「それにだ、この手の調査を特務分隊に頼んでも成果を得るのは難しいんだ。何故なら彼女たちは『特務分隊』だからね。言っている意味は判るかな？」

とレフレンシアが六人を見渡した。

「どうだい、シェーナ？」

「あ、つ、つまりそれは……」

一瞬だけ言い淀《よど》んだシェーナだが、すぐに言葉を継《つ》いだ。

「特務分隊は団内のあれこれを調べるのが専門なので、彼女たちが調べようとすると、団員が口を閉ざす……ということでしょうか？」

「大まか、正解だね」

レフレンシアが片目を瞑《つぶ》ってみせた。

レフレンシア、シェーナを試したな。

アスカはそう見抜いた。

シェーナも自分が試されたことを自覚していたらしく、大きく安堵の息を漏らした。

シェーナだけではない。ラツィーナやリンデル、フェレッラも安堵の息を吐《は》いている。

このやり取りの意味がよく判っていないハイミオだけが、平然とした顔で、うんうんと頷いていた。

「ただし、だ」

レフレンシアが鋭い目つきで新雛小隊の面々を見回すと、アスカを除く五人は床几に座ったまま、びしっと背筋を伸ばした。

「君たちは上手《うま》くやろうとか、もっと訊きだそうとか、そういうことは一切《いっさい》考えなくていい。というか、考えるな。そんなことを考えれば、途端に狙いに気づかれるだろう。騎士団《うち》には鋭いのが何人もいるからね」

あんたを筆頭にね。

という突っ込みを、アスカはなんとか我慢した。

「君たちは、ごく普通に、噂話が好きな新一回生という役回りでいればいいんだ。そうしたら先輩たちが勝手に話しに来てくれるだろう。話好きな奴も多いからね」

「あ……はい」

「ここでもう一度、ただし、なんだけど、ただしアスカは除く、だ」

「は？　どういう意味ですか？」

「海千山千《うみせんやません》でなおかつ狡賢《ずるがしこ》い君なら、もっといろいろ訊きだせるだろうって意味だよ」

アスカはジト目になってレフレンシアを見やる。

「酷《ひど》い言われ様だな」

「事実だろう？」

「だから、それが酷いと」

「何しろ君は何でも屋として、幾多《いくた》の危難、数多《あまた》の死線を潜《くぐ》り抜けてきているのだから、この程度の欺瞞《ぎまん》はお手の物じゃないのかい？」

「いや、べつにそんな大したものは潜ってはいませんし。それに欺瞞がお手の物って、わたしゃ詐欺師やってたわけじゃないんですけど」

「はっはっはっ、謙遜しなくてもいいんだよ、アスカ」

「謙遜なんかしてませんがっっ」

は〰〰、も〰〰、この女は。

言い返すのも馬鹿らしくなったので、アスカは抗議の声を上げるのを中断した。

「レフレンシア様」

と声を上げたのはリンデルだ。

「何かな、リンデル？」

「一つ質問させていただいてもよろしいでしょうか？」

「もちろん」

「では」

一つ咳払いをしてからリンデルはレフレンシアに疑問をぶつけた。

「レフレンシア様が、ご自身に関する噂を拾えと仰ったのは、つまり、それを広めた者が誰かを特定して、何らかの処罰を与えようとしていると、そういう理解でよろしいのですか？」

「よろしくないね」

「あ……はい？　え？　ち……違うのでありますか？」

「あれ、違うのかネ？　ハイミオもそうだとばかり思ったけどネ」

「まぁそう思うのも無理はないけどね。でも、そうじゃない。誰が噂を広めたかかなんてどうでもいいんだ」

「で、では、何を突き止めようとなさっているのですか？」

面食らった表情のリンデルに対して、レフレンシアは薄く笑いかけた。

「確認したいのは、そうだな、敢《あ》えて言えば、どんな噂が広まっているか、かな」

「どんな……でありますか？」

「そう、どんな、だよ。君たちだって、聞いた噂の内容、同じじゃないのだろう？」

「あ、ええ、たしかに」

「ちなみにだ、参考にしたいから、各人が聞いた噂を教えてくれないか。どんな噂でもいいから聞いたまま話してくれ。内容がどうであろうと君たちを責めることはしない。

当たり前だな、君たちはただ聞いただけなんだから」

　一瞬、顔を見合わせた五人だが。

「えっと、じゃあ、まず最初に」

　とシェーナが手を挙げた。

「聞いたのは……レフレンシア様が賭け屋で大儲けして一生遊んで暮らせるだけの大金を手にした。そのせいもあって白兎騎士団《しろうさぎきしだん》を辞めるのではないか……という噂でした」

「ほほう、なるほど」

　レフレンシアが笑い猫のように目を弓形に細め、口の端を吊《つ》りあげたのを見たとたん、シェーナが、びくぅっっ、と仰《の》け反《ぞ》った。

「ああ、君が気にすることはない、シェーナ」

「あ、はい、そう、です、か」

　そう言われても、団長代理のあんなに恐い笑顔を間近で見るのは心臓に悪いと、そう思うシェーナだった。

「わたしも似たような話を聞きました」

　とフェレッラが続いた。

「一晩で自分の背丈以上も金貨を積んだとかっていう話を」

「ほう。そいつは豪快な話だな。もしもその話が本当だったら、わたしは今こんなところにはいないだろうけどね」

レフレンシアは相変わらずにやにやと笑っている。その様子は、自分に関する噂話を楽しんでいるようだった。そこがアスカには引っかかる。

いったい何を考えてるんだ、この女。

レフレンシアの真意、狙いを掴みきれず、さすがのアスカも戸惑いを覚える。

「他《ほか》にあるかな？」

とレフレンシアが残りの者の顔を見渡すと、ラツィーナが手を挙げた。

「わたしが聞いた話は、ですね」

「聞いた話は？」

「あの……なんといいますか……レフレンシア様が……」

「わたしが？」

「ベティウスに、えぇと、若くて可愛い男の子を囲っているみたいな？　そういう……

ああ、いえ、本当に小耳に挟んだだけで、その信憑性を確認しようとか、もっと詳しい話を教えてくれと先輩に迫ったとか、そういうことは一切していませんから」

していたな。

明らかにしていたわね。

墓穴を掘ったたな。

仲間たちは天を仰いで嘆息するのだった。

「へえ、わたしが美少年を？　そんな羨ましいこと、一度でいいからしてみたいものだよな。なあ、ラツィーナ」

「え、いえ、わたしはべつに羨ましくはないですし、そのような戯言《たわごと》、真《ま》に受けたりはしませんし。ええ。それより、他《ほか》のみんなはどうなんだ？」

だらだらと冷や汗を流しながら、ラツィーナはなんとかしてレフレンシアの矛先《ほこさき》を逸らそうとする。

「ハイミオとかは？」

「わたしカ？　わたしが聞いたのも、ラツィーナのとよく似ているヨ」

ハイミオは天井を見上げて、右手の人差し指で唇を押さえるようにして話し始めた。

「団長代理様がベティウスに別宅を構えていてナ、そこに女給姿をさせた美少年を十人ほど囲っていてナ、その女給姿の美少年を踏んだり蹴ったり罵《ののし》ったり、さながら女王のようニ、あるいは女皇《じょこう》のようニ振る舞っているというものだったのヨ」

うっわ〜〜〜、凄すぎるなぁ。

そんな噂、聞いてないぞ。

こいつ、話作ってないだろうな!?

っていうか、さすがにこれは不味いんじゃないか？

仲間たちは驚きの表情をハイミオに向ける一方、そっとレフレンシアの顔色を窺ったりもするのだが、レフレンシアは怒った気配を見せない。どころか、相変わらず機嫌がよさそうだった。

「それも楽しそうだなぁ。なあ、ハイミオ？」

「おお、楽しそうネ。鋼鉄《はがね》の白兎《しろうさぎ》騎士団の団長代理様ともなるト、並みの者とは遊び方が違うネ。わたし、とっても羨ましく思ったのヨ」

「う、羨ましいのか、ハイミオ⁉」

とシェーナが訊くと。

「かなり羨ましいネ」

「変わった趣味を持ってるんだな、おまえ」

「そうカ？」

「そうだヨ！　むしろ変態だナ！」

「ハイミオの真似しなくてもいいのヨ」

「ほほう。すると、わたしも変態なんだね、シェーナ？」

「あ？　あああ、いえええ！」

シェーナは、広げた両の掌を顔の前で思い切り振った。

「そそ、そんなことは一っ言も！　というか、ハイミオの話の内容が真実からはほど

遠いことなど明々白々ですから！」

「ほど遠い……」

レフレンシアが腕組みをして考える素振りを見せた。

「ということは、すべてが真実ではないにせよ、何某《なにがし》かの真実の欠片《かけら》くらいは含まれていると、そういうことなんだね？」

「あぅあぅ」

追い詰められたシェーナは、顔を赤くしたり青くしたりしながら、違います違いますと掌を振り続けている。

ねちねちと。

ほんの少しの手がかりからねちねちと。

ほんの少しの突破口からねちねちと。

さすがに団長代理、恐るべきねちねちさだな

リンデルとフェレッラは、声を出さずに唇の動きだけでそんな会話をしている。

「はいはい、団長代理、もうその辺で勘弁してあげて。というか、あまり若い子を虐《いじ》めないでくださいよ」

見かねたアスカが助け船を出してやると、シェーナは歓喜に満ちた目をアスカに向けてきた。

ありがとう、アスカ姉《ねえ》さん！

シェーナの目は、たしかにそう言っていた。

だから！　姉さんと言うのは止《や》めろ。

アスカもシェーナを目で制しておく。

「べつにことさら虐めているつもりはないいんだけどね」

と言ってレフレンシアが頭を掻いた。

無意識かよ。無意識のうちに虐めてるのかよ。最悪だな、こいつ。

「まあ、いい。休憩時間の残りもあまりないから本題に戻ろうか」

シェーナが盛大な安堵の息を吐《は》いた。

「わたしが望むことは、いま君たちが話したように、噂というものは、とかく尾ひれ胸《むな》びれ尻尾《しっぽ》に角《つの》までついて広まっていくから、どういう内容の噂が流れているかを拾ってきて欲しい、ということさ。拾えばいいんだ。集めなくてもいい。繰り返すけど、無理して集めようとすれば、君たちの意図が露見する虞《おそれ》が大きくなる。これも繰り返すけど、白兎騎士団《しろうさぎ》には勘の鋭い奴とか読みの深い奴とか意味もなく敏感な奴とか、いろいろといるからね」

ああ、本当にいろいろいるよな。あんたを筆頭に。

という突っ込みも、アスカはなんとか我慢した。

「期間は、そうだな、三日、いや四日くらいかけて集めてもらおうか。だから、あまり急がなくていい。むしろ急ぐな。了解？」

シェーナたちはびしりと背筋を伸ばして、了解であります、と返事をした。

頷いたレフレンシアはアスカに顔を向ける。

「頼むよ、アスカ。君が中心になって、上手いことやってくれ」

「ええ、やってはみますけど、どれだけ拾えるかまでは保障できませんよ？」

「もちろん、無理をせずに拾えるものだけを拾ってくれればいい」

と言って、レフレンシアは新雛小隊の面々を見渡す。

「さて、何か質問は？」

アスカを除く五人は互いに顔を見合わせていたが。

「いえ、今のところ特には」

代表してシェーナがそう応えると、レフレンシアが、ぱん、と両手を打った。

「それでは仕事に取りかかってくれたまえ」

それを合図に新雛小隊員が腰を上げる。

「じゃ、頼んだよ」

立ちあがったレフレンシアが手を振って休憩室から出ていくのを見送りながら、アスカは内心でため息を吐《つ》いた。

面倒な仕事を押しつけられたものだなぁ。しかし、それにしても、噂の収集とは……

あの女、何を考えているんだ？

アスカを以《もっ》てしても、レフレンシアの狙いを摑むことはできなかった。

6

そうして四日が過ぎた。レフレンシアが切った期限の日だ。

昼過ぎに、アスカがレフレンシアの部屋を覗きにいったときに、

「午後のお茶の時間に報告書を受け取ろう」

と言われたので、休憩時間を待って、彼女は新雛小隊の面々を引き連れて団長代理の執務室を訪ねた。

ちなみに午後の休憩時間は七刻時から八刻時のあいだの任意の半刻と規定されている。現代の時間でいえば、午後の二時頃から四時頃までのあいだの一時間ほど、ということになる。休憩の開始を何時にするかは、受け持っている仕事の進み具合を見ながら部隊長が決めればいいことになっている。

報告書の作成に少しばかり手間取ったため、アスカたちがレフレンシアの執務室を訪れたのは八刻時に近い頃だった。

「遅かったんだな」

執務室に通された六人を出迎えたレフレンシアは、一人でお茶を飲んでいた。

「君たちも紅茶《こうちゃ》を飲むかい？」

紅茶はお茶の中でも高級な部類だ。ふつう団で飲むお茶といえば、安物の黒茶《くろちゃ》のことが多い。下っ端であるアスカたちには、よほどのことがない限り紅茶を飲む機会はないから、この誘いは大歓迎である。

「喜んでいただきます」

「お〜〜い、カイエ、アマネー、紅茶と、それからクッキーを」

クッキーは団内で焼いているお手製品だ。三面《さんめん》の白兎《はくと》を模したクッキーはなかなか美味《びみ》で、団員だけで食べてしまうのはもったいないということで、マイヨ・ルカの街でも売りだしたところ、望外の評判を取り、今では街の名物の一つにまでなっていた。

折り畳み式の方卓が部屋の真ん中の空間に置かれ、その周囲に床几が並べられた。卓の上は、紅茶の入った茶器とクッキーの入った小皿で満杯だ。

特別秘書官の二人が控え室のほうへ下がると、レフレンシアは六人を促した。

「では、いただこうか」

「いただきます〜〜〜」

「美味《おい》しそうだネ」

「紅茶なんて久しぶりだな」

「このクッキー、可愛くて美味しいから、好きだ」

などと六人は嬉しそうに茶器を持ちあげ、クッキーを口に放り込む。

六人が紅茶を飲み、クッキーを食べているあいだ、レフレンシアは、アスカが持ってきた報告書に目を通していた。

小皿のクッキーがあらかた片付いた頃に、レフレンシアは読んでいた報告書から目を離し、顔を上げた。

「え〰〰と、そんなんでよかったですか？」

と報告書作成の責任者であるアスカが訊くと。

「ああ、これでいいよ。だいたい予想の範囲内だな。もう少しとんでもない噂が流れているかもしれないと思ったんだが」

「いや〰〰、団長代理が美少年を囲っているっていうのは、かなりとんでもない噂だと思うんですけど？」

「いや、こんなのはおとなしいほうだよ。わたしはもっと凄いことを覚悟していたさ」

「ちなみに、どんな？」

「そうだな。例えば……団長代理はベティウスで裏の賭け屋を経営していて、客から金を巻きあげ大儲けしている……とか」

ぷっっ、とシェーナやハイミオが紅茶を噴いた。

「こら、飲みかけのお茶を噴くな」

「すすす、すみません」

小さな手拭き布を取りだしたシェーナが、慌てて卓上を拭き始めた。

「いや、それはさすがに……信憑性がなさすぎでしょう」

とアスカが呆れた顔を向けると。

「そうそう、それも訊きたいことだったんだよ」

レフレンシアがアスカの顔を正面から覗き込んだ。

「この報告書にあった噂を話していた団員たちは、噂を信じているふうだったかい？」

「あ……そうですねぇ、どうだろ、あんまり信じていないようではありましたね」

とアスカが応えると、横からフェレッラが口を挟んできた。

「というか、信じたくない、と思っていたんじゃないのかな？」

すると手拭きをしまったシェーナも続いた。

「そうですそうです。どうせ聞いた噂は尾ひれがついてるんだからって割り切っていたみたいですし。だったら自分ももっと大きな尾ひれをつけてやれ、なんて言う人もいましたし。でも、一つだけ共通していたのは、団長代理がどこで何をしていたのかということより、理由はともかく、団長代理が団を辞めるのではないかということをみんなは心配していました、はい」

「なるほど。それはありがたいことだ……と思うべきなんだろうね」

レフレンシアは少ししんみりした口調になったが、上辺《うわべ》とは違い、心の内では冷静に思考を巡らせている。

こういう空気が団内に醸成《じょうせい》されてくれれば、このあとの仕事がやり易くなる。修正や変更は要《い》らないな。

アスカが疑い深そうな目を向けた。

「で！　改めてお訊きしますけど！　団長代理は、なんのためにこんな調査を命じたのです？　これを調べてどうしようと仰るんです？」

「特に具体的に何かをしようというわけではないよ、アスカ。前にも言ったけど、自分に関するよくない噂が流れているのなら、それはわたしの不徳の致すところだ、噂を確かめて襟《えり》を正すところは襟を正さないといけないと思ってさ」

嘘だな。大嘘だ。真っ赤な嘘だ。

と断じるアスカだが、けれども、レフレンシアの狙いが読めない、判らない。

あ〰〰もう、こいつが何を考えているか判らないってのは、もの凄く不安だな。ガブリエラもそうなんだけど、こいつの場合、地位的にガブリエラよりずっと大きな影響力があるし、ずっと大きな破壊力があるからな。

「いずれにせよ、君たちの仕事はここまでだ。ここから先はわたしの仕事になるからね。わたしに課せられた、いわば最後の大仕事……」

最後の言葉は呟くような声であったから、お茶とお菓子に夢中のシェーナたちは気づかなかったかもしれない。しかしアスカは、アスカだけはしっかりと聞き取っていた。

最後の大仕事って、どういう意味だ？　まさか、団長代理、本当に……。

アスカの疑念はさらに濃くなったが、レフレンシアは直ぐに表情を戻してクッキーに手を伸ばした。

「どうだ、このクッキーは？　美味《うま》いだろう」

などと、シェーナたちに対して機嫌よさそうに声をかけている。

判らないな。何を狙っているのか、さっぱり判らない。けれども、何かとんでもないことを考えているのは確実だ。しばらく団長代理《こいつ》から目を離さないほうがよさそうだな。

アスカは自分の脳内で鳴り響く警戒警報をうるさく思いながら、警戒心の籠《こも》った目でそっとレフレンシアを窺うのだった。

小さな幕間劇

1

グル・マイヨール要塞の講義室。

床几《しょうぎ》に腰を下ろした特戦隊の五十名を前にして、アスカが語りかけている。

「……ってことで、我が部隊の戦術目的は、シギルノジチ経国《きょうこく》の先遣隊、ヴィネダとかいう奴の率いている部隊の実力を計ること。それ以上でもそれ以下でもないから、そこのところはしっかりと頭に叩き込んでおいて。作戦行動のあらましは」

いったん言葉を切ったアスカは目の前の五十名を見回した。多くの団員が緊張を顔に貼りつけたまま頷いている。とりあえず全員が静聴してくれているので、アスカは胸を撫でおろしつつ話を再開させるのだった。

「え〜〜、あらましは、まず敵に一撃くれておいて離脱、追ってくる敵部隊を森の中に引っ張り込んで、さらに一撃。敵がどの程度混乱するかを見極めて、速《すみ》やかに戦場から撤収。そんな感じで行くから」

もう一度、アスカが居並ぶ団員を見回すと、一人だけ、緊張感の欠片《かけら》もみせず、退屈そうに欠伸《あくび》をしている者が目に入ってきた。

「判りましたね、アルゴラ様!?」

「あ〜〜〜、判った……ような気がする」

「気がするて、あんた……」

「それよりも、今回はわたしが部下でおまえが、いやいや、あなたが隊長なのだから、アルゴラと呼んでくれないと困るな。様付けで呼ばれたりすると、思わず命令してしまいそうだ」

「いや、それだけは勘弁して。あんたに命令されたら、ここにいるみんなが従っちゃいそうだから」

「ん、了解だ、アスカ隊長殿」

もう、やり難《にく》い人だな、本当に。恨むよ、団長。

制御困難な人材を自分に押しつけたガブリエラの爽《さわ》やかな笑顔を脳内に思い浮かべ、その顔に向かって密かな罵《のの》り声を浴びせたあとに、アスカはわざとらしい咳払いをしてアルゴラを睨みつけた。

「じゃあ、もう一度訊くけど。作戦は理解してくれた、アルゴラ？　頭に入れてくれた、アルゴラ？　命令違反したら許さないからね、アルゴラ？」

「大丈夫だとも、アスカ隊長。軍紀違反の咎《とが》で牢獄にぶち込まれるのはご免だからな。そんなことになったら、以降の美味《おい》しいところに参加できなくなる」

あぁもう、理由がなんだろうと、動機がどうだろうと、こちらの言うことさえ聞いてくれれば、それでいいよ。

「じゃあ小隊長と副長は集まって。具体的な作戦行動の周知徹底を行うから。えっと、アルゴラ……も参加ね」

アスカは今回の作戦のために集められた五十人を四つの部隊に分けていた。

まずは第一特別小隊。この部隊は、アスカ直率《じきそつ》の元新雛《ひよこ》小隊員を中心にした二十名で構成されている。これが奇襲の主力となるわけだが、現状、アスカの頭痛の種は、ここに加わっているアルゴラの存在だった。斬り合いが大好きだという彼女を放っておくと、一人で勝手に敵陣の奥深くまで入り込んでしまいそうだから目が離せないのだ。

まさか番隊長様を見殺しにするわけにもいかないし、かといって追いかけていったらこちらの被害が大きくなるし。どころか全滅しかねないし。

敵部隊の実力を推《お》し量《はか》る云々《うんぬん》以前に、どうやってアルゴラを制御するかということが、アスカにとっては、大きく、かつ困難な命題だった。

他の小隊は、あまり心配しなくてよさそうなんだけどな。

他の小隊——第二、第三、第四小隊——は各十名ずつの構成で、こちらは第一特別小隊の側面掩護《えんご》や撤収支援が主な役割だ。ちなみに第一特別小隊は「第一特小」あるいは単に「特小」と略される

小隊長と副長が立ちあがり、アスカの前まで進みでてきた。

2

各小隊の隊長は以下のとおりである。

第一特別小隊は特戦隊隊長のアスカが小隊長を兼務。

第二小隊の小隊長は救急分隊所属のファンフェッダ。これは怪我人《けがにん》の治療と、いざというときの魔術の腕を期待されての人選だ。彼女は治癒系の魔術だけでなく攻撃魔術も操れる。この小隊には救急分隊から数名の魔術士を引き抜いてあった。

第三小隊の小隊長はレオノーラ。彼女も本来はアスカより高い地位に就《つ》いているが、作戦の性質上、自然士《じねんし》であるレオノーラが加わっていたほうがいざというときに心強いはず。ということで、ガブリエラの指名で特戦隊に加わってもらっていた。

第四小隊の小隊長はビアンティティセス。彼女はアルゴラ率いる中隊の副長を務めている人物なのだが、

「アルゴラ様が行かれるなら自分も！」

と言って志願してきた。

アルゴラの無茶を後ろから押すような人物だったら断ろうと思ったアスカだが、評判を聞いてみると割とまともな人物だったので、むしろいざというときのアルゴラの抑え

役として期待できるかも、という理由で彼女の参加を認めた経緯《けいい》があった。もちろん、そんな理由はアルゴラには内緒である。

ということで、特戦隊の各小隊長たち、ガブリエラ曰《いわ》く「ヴィネダの部隊にちょっかいを出す」だけの作戦にしてはかなり水準が高いのだが、裏返せば、この作戦をガブリエラ団長がかなり重要視している証左でもあった。

小隊長ではないアルゴラを作戦会議に呼んだのは、彼女が番隊長だから特別扱いしている……という理由ではない。彼女が第一特別小隊の副隊長だからでもない。アスカは第一特小の副隊長にはレオチェルリを充《あ》てている。

今ではガブリエラ団長の特別秘書官を務めているレオチェルリだが、そのガブリエラに頼まれて、この特戦隊に参加していた。ガブリエラとすれば、自分の代わりに見てきてくれと、そういうことなのだろう。

話を戻すと、アスカがわざわざ「一兵卒《いっぺいそつ》として参加」しているアルゴラを呼んだのは、作戦の手順と狙いをきちんと彼女に説明しておかないと、前述したように、アルゴラが単独で斬り込んでいってしまう虞《おそれ》があるからだった。見殺しにしても、救出するために追いかけても、作戦を台無しにしかねない。即ちそれは、ガブリエラの狙いが台無しになるということだ。

本当に厄介な……。

ため息を吐《つ》きそうになるのを堪《こら》えて、アスカは集まった八人の顔を順繰りに見やった。

「えぇと、では、具体的な作戦を伝えます」

多くの者は黙って頷くだけだったが、一人だけ、声に出して返事をした者がいた。

「よろしくぅぅお願いしまぁすぅぅぅ」

厄介なのはアルゴラだけじゃなかった。こいつ、レオノーラも……。

アスカは体から力が抜け、思わずその場にしゃがみ込みそうになったが、必死に足を踏ん張ってなんとか我慢した。

なんか……こいつの声を聞くと、体中の力が抜けていくんだよなぁ。

何故《なぜ》かどうしてか、ゆらゆらと揺れているレオノーラのほうをなるべく見ないように気をつけながら、アスカは考えている作戦を説明していく。

「まず最初、敵の先遣隊が陣を構えている場所に密かに近づくけど、これは我々、特小の二十名だけでやります」

特小には元新雛小隊——今では新遊撃小隊だ——の五人が全員参加していた。即ち、シェーナ・ソフィロス・ソフィステアノス、ラツィーナ・ランティス・ロネッソ、リンデル・リンダフラム、フェレッラ・フェルガナ・フェルガネス、ハイミオ・ハイの五人である。その上、デイレィまでもが加わっていた。

ジアンが参加できない現状では、この手の不正規戦ではデイレィの力が必要不可欠。

そう考えたアスカは、本人に直談判《じかだんぱん》してデイレィの参加を取りつけていたのだった。

「デイレィが行くなら、あたしも行こうか？」

「じゃあ、わたしも行くわ」

ということで、ウェルネシアとノエルノードまで参加することになった。

加えてヨーコの番隊で小隊長を務めるサーシュも加わっている。じつはヨーコも出たがったのだが、さすがにそれはガブリエラに止められた。万が一、億が一にもアルゴラとヨーコが同時に負傷するような事態になれば、目も当てられない。

一度言いだしたら、アルゴラは諭《さと》しても脅《おど》しても言うことを聞かないが、ヨーコなら理詰めで話せば判ってくれる。ガブリエラの説得に応じて、ヨーコは潔く志願を撤回したのだった。

ということで、特戦隊の第一特別小隊の構成員を見ていくと。

小隊長がアスカ。副隊長格としてレオチェルリ。以下、シェーナ、ラツィーナ、リンデル、フェレッラ、ハイミオ、デイレィ、ウェルネシア、ノエルノード、サーシュ、そしてアルゴラという豪華な顔ぶれが並んでいる。彼女たちだけで十二名。残りの八名も、番隊や庶務分隊、特務分隊などからの選《え》りすぐりの人員だ。第一特小、相当な戦闘力を有しているといっていい。

もっとも、相手はシギルノジチの大隊で、その数およそ五百。アスカたちの戦闘力がどれほど高かろうと、二十名でどうこうできる数ではない。元よりまともには闘わない。目標はあくまで敵の戦力把握。

だからこそ、アスカはアルゴラの存在が不気味……というか不安なのだった。

危ない部下を持つことが、これほど心休まらないことだとは思わなかった。アルゴラやレオノーラを使いこなしてきたレフレンシアのことを尊敬してしまいそうだよ。

というのが今のアスカの正直な気持ちだった。

気を取り直して、アスカは話を再開させる。

「まず、見張りに就《つ》いている敵兵を倒す。気絶させるだけでもいいんだけど、それが難《むずか》しければ殺しちゃってもかまわない。ただし。ここで肝要なのは騒がれないこと。相手に声を出す暇《いとま》すら与えずに倒す。殺す。できるよね？」

アスカが睨《ね》めつけるような視線を集まった団員に送る。怯《ひる》むような、あるいは怖《お》じけづくような者は誰《だれ》もいない。

まぁ、そうだな。新遊撃の五人以外は歴戦の兵《つわもの》といってもいい連中だものな。新遊撃の五人は……ま、あいつらもなんとかなるだろ。期間は短くても、いちおうわたしが鍛えておいたし。

「見張りを排除したら、そのまま陣地に近づいていって火矢を撃ち込む」

「アスカ隊長」

と手を挙げたのはビアンティティセスだ。

隊長の説明の途中で腰を折るような行為をするな！　と言いたくなりそうだが、白兎《はくと》騎士団《きしだん》ではこれが普通なのだということを今ではアスカも理解している。だから怒らないし、文句も言わない。

まだちょっと違和感があるけどな、と思いつつビアンティティセスを指名する。

「何かな、ビアンティティセス？」

「見張りを倒すのに気を使う割に大胆なのだな。火矢を撃ったら、たちまちこちらの存在が知られるだろう？　最悪、ろくに被害を与えられずに逃げる羽目になるのでは？」

「大きな被害を与える必要もないからね。要は相手が混乱に陥るような局面を作りだしたいんだ。そこから立ち直るのにどれだけ時間がかかるかを計りたいから」

「なるほど」

「だから、火矢は狙いをつける必要さえない。出鱈目《でたらめ》に撃ってもいい。無闇矢鱈《むやみやたら》に撃ってもいい。ただし、撃つときはできるだけ多くの地点から一斉射撃を行いたいんだ」

「襲撃の人数を多くみせたい、ということだね？」

とビアンティティセスに訊かれ、アスカは大きく頷いた。

さすがに小隊長ともなると、呑み込みが早くていいね。

「そういうこと。従って、第一特小の者には、魔術士を除いて火矢の用意をしていってもらうことになる。火種にはちょいとした工夫をしたから、蓋《ふた》をしておけば夜でも目立たない」

「ちょっとした工夫？」

「蓋付きの煙管《きせる》みたいなものだよ」

「ふうん」

ビアンティティセスが感心した声を漏らした。

意外と用意周到なんだな。もっと出たとこ勝負なのかと思っていたのだけど。

この辺は、何でも屋だったアスカの面目躍如《めんもくやくじょ》といったところか。何しろ見張りの目を盗んで標的の屋敷に侵入、こっそり火を点《つ》けて屋敷を燃やしてしまう、などという荒事《あらごと》を平気でやってきたのだから。

「さて、火矢を撃って相手を混乱させたら、あとは逃げるだけ……なんだけど、ただ逃げても振り切れない危険性がある。何しろ相手の兵数が多いからね。ということで、森の中へ逃げ込む。というか誘い込む。第二、第三、第四の各小隊は伏兵として森の中に隠れていて、追ってくる相手の不意を衝いて攻撃を加える。これも相手に打撃を与える必要はない。もちろん打撃を与えられればいうことはないけど、それにしたって損耗《そんもう》率一割も難しいだろうから、一撃加えたらさっさと逃げること。地の利はこちらにあるし、相手は森の中の地形には明るくないから、逃げるだけなら逃げ切れるはずだよ。二、三、四小隊が追撃を足止めしている間に、特小は態勢を立て直して後方で待機。相手が二、三、四を追ってくるようなら、今度は特小が殿《しんがり》となって敵の追撃を阻止。相手が追ってこないようであれば、適当なところでこちらも引き揚げる」

そこまで一気に話し終えたアスカは、

「以上、何か質問がある？」

と隊長、副長連に訊いた。今度は誰からも手が挙がらなかった。

「じゃ、配置に行こうか」

3

持ち込んだ雑嚢《ざつのう》から地図を取りだしたアスカは、それを自分の横に置いてあった方卓に載せて広げる。直《す》ぐに小隊長たちが方卓を取り囲んだ。

「シギルノジチの先遣大隊がいるのは、この辺り」

アスカが地図上の一点を差す。そこには敵部隊を示す「」が書き込まれている。

「で、わたしたちは大回りして背後の山から近づき、まずは見張りを除去、陣地に近づいて散開。火矢は敵の陣幕まで届かなくていいんだ。近づきすぎないように注意して。火矢を放つ時機だけど、魔術士に火球を打ちあげてもらうから、それを合図に一斉射撃する。合図を見落とさないでよ。まぁ、天気が悪くない限り、見落とすことなんかないだろうけどさ」

第一特小には三人の魔術士が参加していた。

「相手の足止めと攻撃側の戦力を大きく見せるために、魔術士には辺りの草地を焼いてもらおうと思っている。だから取り残されたら逃げられなくなる。単独での突出は絶対に避けること。いいね？　判ってるよね？　アルゴラ？」

「ん？」

名前を呼ばれたアルゴラが怪訝《けげん》そうな顔をアスカに向けた。

「言われなくても判っているが。わたしにそうまで念押しする隊長の意図は？」

「あんたがいちばん突出しそうだから」

「失敬な。わたしは出るべきときと留《とど》まるべきときと退《ひ》くべきときを間違えるほど愚か者ではないぞ」

とアルゴラが胸を張ると、副長であるビアンティティセスが、

「隊長の場合、判断基準が他人と違うだけですけどね」

と突っ込んだ。

つまり、他人なら退くべきとき、あるいは留まるべきときであっても、アルゴラ基準に従えば突撃するときになるわけだ。

アスカもその辺のことは薄々察知しているから、こうして念押しをしているのだが、アルゴラには柳に風、あるいは糠《ぬか》に釘《くぎ》だった。

「とにかく！　勝手に前に出ない。これだけは守ってくださいよ？　焼け死んでも知りませんからね⁉」

「はっはっは、アスカ隊長は意外と心配性なんだな」

駄目だ、こいつ。

アスカが、げんなりとした表情になって肩を落とした。

「えっと、隊長」

「ん？」

アスカが顔を上げると、ファンフェッダが面白そうな顔で手を挙げていた。

何笑ってるんだ？　変なこと言いださないだろうな、ファンフェッダ⁉

「何かあるかな？」

「草地まで燃やすなんて、過激なんだね。風に乗って飛び火したりとかしたら、森まで燃えちゃう危険性がない？」

「風向きを考えれば、それほど危険じゃないだろう」

「そりゃまぁ、そうか」

「幸い今日は風が弱いし、風向きも南西方向から吹いているから、背後の森に燃え移る

心配はないだろ。二日前に雨が降って、森の木々も湿気を含んでいるだろうしさ。仮に周りに燃え広がってくれるなら、それはそれで歓迎だし」

「燃え広がるのは、あたしも歓迎だけど。楽しいし」

「いや、楽しいとか楽しくないとかじゃなくて。陣地を張っている辺りが焼け野原になったら、連中も困るだろ？　だから必死で消火するはず。消火活動も、相手の兵の練度を測る物差しになるからさ」

とアスカが答えると、あちこちから、ほう、へえ、という感嘆の声が上がった。

「なるほど、いいところに目をつけるものだな」

とアルゴラも感心の表情になったが、直ぐに、いや待てよ、と首を傾《かし》げた。

「わたしたちは逃げてしまっているのだから、相手の消火活動の様子など観察できないのではないか？　まさか、隊長は相手の陣営近くに踏み留まって観察するとでも？」

「まさか。わたしはそこまで命知らずじゃないですよ」

「じゃあ、どうやって見極めるつもりだ？　逃げた森の中からでは見えないだろう？　奇襲は夜中に行うのだから」

「そのためにね、特別な観察者を用意しましたよ」

皆が首を捻る中、代表してアルゴラが訊いた。

「ジアンか？」

「いやいや、彼女が使えないからわたしにお鉢《はち》が回ってきたんですってば」

「じゃあ、誰だ？」

「呼んだかい？」

部屋の入り口でお馴染《なじ》みの声が上がり、全員が跳びあがった。アルゴラでさえ、足の裏が床から離れていた。それほど意外な声だった。だが、考えてみれば彼女ほど「観察者」に適《てき》した人物もいない。

アルゴラが、ゆっくりと出入り口のほうへ顔を巡らせた。

「……副団長が？」

「そうだよ。わたしなら自分で行かなくても、敵部隊の様子を探れるからね」

言われてみれば、そうか、なるほど、と頷くアルゴラたちだった。

レフレンシアは「天眼《てんげん》」なる魔術を使うのだ。予《あらかじ》め用意した呪札《じゅさつ》を介して遠く離れた場所の様子を探ることができるから、今回の目的にはうってつけの魔術だった。

いやしかし、アルゴラ様にレオノーラ様、さらにはレフレンシア様までって……どれだけ精鋭揃いなんだよ、特戦隊。

などとビアンティティセスは開《あ》いた口が塞がらないのだが、他《た》の団員も同じ思いだ。レオノーラやアルゴラまで驚いているのだから、レフレンシアの参加を知っていたのはアスカだけだったに違いない。

レフレンシアが笑いながら入室してきた。床几に座っていた特戦隊員たちが弾かれたように立ちあがる。

「お疲れ様でございます！」

ビアンティティセスのかけ声で、みなが唱和する。

「お疲れ様でございます！」

「お疲れ様。はい、座って座って」

と団員に着席を促しておいて、レフレンシアは小隊長や副長たちの輪に加わった。

「どうだい、アルゴラ、今の作戦は？　わたしとアスカとで練りあげたんだ」

「いいのではないですか」

「苦労したんだぞ。君が勝手に独走してしまわないような作戦を考えるのには」

うわぁ、副団長、そんな本音をずばりと!?

アスカは真っ青になるのだが。

「言いがかりだな、副団長。わたしはあなたが『不可』と言ったときに突撃したことなど一度もない」

そう言ってアルゴラが胸を張ると。

「それは、君が許可を求めようとしなかっただけの話だな」

とレフレンシアが突っ込んだ。

座っていたビアンティティセスがいつの間にかアルゴラの背後に寄ってきて、上司を宥《なだ》めるように言った。

「まぁまぁまぁ、アルゴラ様、ここは一つ、抑えて抑えて」

「はいはいはい〰〰、レフレンシア様も抑えて。お、さ、え、て〰〰」

レオノーラがレフレンシアに取りすがった。

「お二人とも、話を先に進めたいんですけど、いいですか？　いいですね？」

とアスカが念押しすると、睨み合っていたレフレンシアとアルゴラは、渋々といった顔で相手から視線を外した。

またファンフェッダが右手を挙げた。

「副団長、いいですか？」

「なんだい、ファンフェ？」

「天眼を使うのでしょうけど、火をかけたら呪札まで燃えてしまいません？　というか、そもそも、連中が陣を敷いた辺りに、いつ呪札を仕込んだのです？」

「今回は予め仕込んではいないよ。さすがにそんな余裕はなかったからね」

「では、どうやって呪札を？」

「呪文を載せた鳥型を作って飛ばし、上空から探知する」

「あ、そんなこともできるんですか」

ファンフェッダだけでなく、周りにいた小隊長や副長たちも驚いている。平然としているのはレオノーラくらいだ。

「細かな制御はできないから、狭い場所や個人の動きを探るのは難しいけど、広い場所にいる大勢の人の動きなら探知できるからね。今回の観察にはおあつらえ向きさ」

「ってことで」

とアスカが話を引き取った。

「我々特戦隊は本日の夕刻前に本城《ほんじょう》を出て、バルツの森を突っ切って南の山塊《さんかい》を抜け、敵の陣営に迫る。パルヴィネ峠方面は後続部隊に押さえられているだろうから、そちらには近づかない。南の山側から闇に紛れて近づく。作戦開始時刻は夜中だ。正式な開始時刻は、現地への集結状況を見て決定。速度重視で行くから、遅れた者は置いていくよ。各隊のみんなに念押ししておいて。以上。ではさっそく準備に取りかかって……いや、その前に、副団長、何かあります？」

アスカに振られて、レフレンシアはゆっくりと周りの九人を見渡した。

「ヴィネダのことを知っている者には言うまでもないことだけど、彼女は手強《てごわ》い」

ビアンティティセスやレオノーラなどは無言で頷いたが、ヴィネダのことを好敵手視していたはずのアルゴラはなんの反応も示さなかった。

「けれど、今の彼女の部隊がどのくらい手強いかは不明だ。というか、それを確かめに行くわけだけど。むろん侮《あなど》ってはいけないが、必要以上に警戒する必要もない。我々は鋼鉄《はがね》の白兎《しろうさぎ》騎士団なのだから」
「おお！」
「よし、全員、起立」
床几に座っていた団員が、弾かれたように立ちあがると、レフレンシアはアルアラネの御言葉《みことば》を唱え始める。

「死は刹那《せつな》
生は夢幻《むげん》」

すぐに他《た》の団員の声がレフレンシアの声に被さっていく。

「此《こ》の世は下天《げてん》
他《た》の世は化天《けてん》
怖《お》じけることなかれ
臆《おく》することなかれ

怯《おび》えることなかれ
退《ひ》くは易《やす》き
進むは難《かた》き
迷える道にあらばこそ
止まれば即《すなわ》ち機を逸《いっ》す
挫《くじ》けることなかれ
下がることなかれ
躊躇《ためら》うことなかれ
讃《たた》えよ　その巧《たくみ》
崇《あが》めよ　その勲《いさお》
誇れよ　その顔《かんばせ》
我こそはアルアラネ
美と武と知勇を愛す者

我こそはアルアラネ
醜《しゅう》と懦《だ》と懈怠《けたい》を憎む者
汝《なんじ》らを守護する女神なり」

唱和は二度繰り返され、そして終わった。講義室に不思議な熱が渦巻いている。危険な任務に赴《おもむ》くというのに、みなの顔が輝いている。

「では、準備にかかろうか」

「はいっっ！」

どうにも見事な統率力だねぇ。さすがに鋼鉄《はがね》の白兎騎士団《しろうさぎ》を実質的に率いてきただけのことはある。でも、これからはガブリエラが率いていくんだよなぁ。レフレンシアと同じことが、あの頼りなさそうな一回生に……新団長にできるのかね。

などと考えているアスカをレフレンシアが呼んだ。

「わたしは離れた場所に留まるからな。くれぐれも頼んだぞ、アスカ隊長」

あ〜〜〜、なんか、わたしまで乗せられてる気がするけど。

「ええ、ええ、精一杯力一杯、頑張ってきますよ」

第3章
命運を左右する幹部総会

1

ルーアル・ソシエダイとシギルノジチ……そう出たか。さすがにそこまでは予想していなかったな。

特務分隊経由で回ってきた保護色《ほごしょく》からの報告書と、ベティス大公国から届いた極秘扱いの親書を机上に広げたまま、レフレンシアは何か苦い物でも嚙《か》み潰《つぶ》したように表情を歪めている。いつも飄々《ひょうひょう》としている彼女にしては珍しいことだ。どちらの文書にも彼女の心を憂鬱《ゆううつ》にさせる内容が記《しる》されているのだろう。

事実、二つの文書には驚愕《きょうがく》すべきことが、驚嘆すべきことが、恐怖すべきことが書かれていた。

即《すなわ》ちルーアル・ソシエダイ王国とシギルノジチ経国が過去の確執を棚上げして、軍事同盟に踏み切るだろうという予測が。

レフレンシアは、自分の読みを上回る一手を指されたという衝撃を受けていた。

まさか連中が、そこまで思い切った手段に出るとはな。

予想どおり両国が軍事同盟に踏み切れば、両国の過去を知っているアグァローネ地方の者にとっては、まさに青天の霹靂《へきれき》ともいえる一大事だ。レフレンシアがそこまで読み切れなかったとしても当然のことではあった。

だが、逆に考えれば、そこまで思い切ったということは、苦戦を自覚した者が逆転を狙って放った一手であるともいえる。一か八かの手を打つのは、相手が劣勢を自覚しているということに他《ほか》ならない。

であれば、その手に乗って、こちらも相手の意表を衝《つ》く一手を指せばいい。逆転を狙った相手の一手に正面から応えるのではなく、相手の読みを外し、相手に迷わせる一手を打つ。そのことによって、相手の勝負手《しょうぶて》の価値を減じる。可能なら無効にする。

しかし、そのような一手がレフレンシアにあるだろうか。

レフレンシアはあらゆる角度から現状を分析した。検討した。あらゆる角度から未来を予測した。こちらが打つ手、それに対する相手の応手、相手だけでなく味方の動きまでも推《お》し量《はか》った。二手、三手どころか十手も二十手も先まで読みに読んだ。

その結果、相手の意表を衝き、相手を迷わせ、相手の指し手の価値を減じるこちらの一手はあると再確認した。

けれどそのためには。

やはりレフレンシアは自分の構想を実行に移さなくてはならなかった。

一時的に白兎《しろうさぎ》騎士団は大混乱に陥るかもしれない。団内だけではない。下手《へた》をすると友邦《ゆうほう》ベティスス大公国までもが混乱する。

それでも。

なんとしても。

誰《だれ》がなんと言おうとも。

鋼鉄《はがね》の白兎《しろうさぎ》騎士団の未来のために、断固として実行しなくてはならない。

レフレンシアはそう結論づけたのだ。

実現するには様々な障害が予想される。この場合に厄介なのは、敵だけでなく味方も障害になるということだ。むしろ、味方こそが障害だ。

それでもレフレンシアは、己《おのれ》の着想、構想を実現できると踏んでいる。

そのために今まで種を播《ま》いてきたのだからな。

レフレンシアは不敵な笑顔を浮かべ、大きな障害になりそうな物を……というか者を思い浮かべる。

さて、まずはどこから手をつけるか。

あまり時間的な余裕はない。できれば相手に、ルーアル・ソシエダイ王国に立ち直る余裕を与えず、矢継ぎ早に手を打っていきたい。その段取りは。

レフレンシアの頭脳は今、恐るべき速度で回転していた。

彼女が盆地の魔女と異名《いみよう》を取るのは、類《たぐ》い希《まれ》な魔術の能力を持っているから、というだけではない。この抜きんでた思考力と狡猾《こうかつ》さが魔女のようだと喩《たと》えられる大きな要因なのだ。

不意にレフレンシアは、くくっっ、と嗚咽《おえつ》のような笑いを漏らした。

今回はガブリエラが当事者でないのが残念だな。いやいや、見方を変えれば、あいつこそが当事者そのものになるわけだけど。

そう、レフレンシアの次なる一手は、ガブリエラを団長に据《す》えてしまえ、ということだった。自分は御輿《みこし》から降りて、代わりにガブリエラを御輿に乗せてしまう。それこそがレフレンシアの究極の一手。

なんという無茶であろう。

なんという無理であろう。

なんという無謀であろう。

だが、レフレンシアには成算があった。

人を驚かせる、いや天をも驚かせるガブリエラの奇想。敵味方を問わずに意表を衝くガブリエラの奇策。敵も味方も混乱に陥れるガブリエラの奇抜。敵も味方も危機に陥れるガブリエラの危険。

レフレンシアは、ガブリエラが入団して以来の彼女の活躍（暗躍？）を思いだし、笑いを弾けさせた。

「あはははは、いやぁ、あいつは本当に馬鹿だよな。馬鹿だ馬鹿だ大馬鹿だ」

ひとしきり、いかにも楽しそうに高笑《こうしょう》したレフレンシアは、目に浮かんだ涙を拭《ぬぐ》って大きく息を吐《は》いた。

自分が団長に昇ってこの混乱、この危機を乗り切る。それは可能なことだとレフレンシアは思っている。自惚《うぬぼ》れではなく、冷静に客観的にそう思っている。

だが、それだけだ。いずれわたしやマクトゥシュは団を退《しりぞ》く身。そんな二人が先頭に立ってこの危機を乗り切ったところで、若い娘《こ》たちに経験値は入らない。大きく経験値を稼いで騎士としての水準を上げるには、この先も団を担《にな》う若い娘《こ》たち自身の手で乗り切ってもらわなくてはならないんだ。それが白兎《しろうさぎ》騎士団のためになる。

一年先ではなく、五年先、十年先、あるいは五十年先、百年先までも考えれば、どうしたってそれが必要だとレフレンシアは確信している。

そのとき先頭に立ってもらいたいのがガブリエラなのだ。

レフレンシアは笑みを消し去り、真剣な表情になる。

今はまだ雛《ひよこ》に毛の生えた程度のガブリエラだが、いずれ彼女は鳳《おおとり》に化ける可能性を秘めているとレフレンシアは観ている。評価している。

まぁガブリエラ自身が自分のことをどう思っているかは知らないけれど。

この危機に際して、団員の先頭に立ち、騎士団を引っ張っていくという得難《えがた》い経験を積んだのなら、彼女の成長速度は一気に上がるだろう。今後、五年や十年を任せられる立派な団長になるに違いない。

だが、いくらなんでも一回生を団長に就《つ》けることは不可能。レフレンシアが団長代理だからといって、いや、たとえ団長であっても、そんな無茶は通らない。普通ならば。平時ならば。

だが、幸いにして今は普通のときではなかった。平時ではなく、もはや戦時だ。

ルーアル・ソシエダイ王国とシギルノジチ経国が手を結び、ベティス大公国と鋼鉄《はがね》の白兎騎士団《しろうさぎ》を攻略すべき標的と狙い定めたこの非常時ならば、多少の無茶、無理、無謀も通せるかもしれない。

騎士団に訪れた危機を「幸いにして」と考えてしまうところが、レフレンシアが「盆地の魔女」と畏怖される所以《ゆえん》の一端でもあった。

ガブリエラ。一度、あいつとは真っ向から読み合い勝負をしてみたかったのだけど。だが、今回ばかりはあいつに出る幕はない。出たくても出られない。何しろ、あいつがわたしの獲物なのだから。標的なのだから。残念だ。本当に残念だ。次にガブリエラの奇策が拝めるとしたら、翌年になってからだろうな。おそらくはルーアル・ソシエダイとシギルノジチ、来年になれば動きだすに違いない。そのときこそ、ガブリエラの奇想天外、奇妙奇天烈《きてれつ》な一手が炸裂するだろうさ。

ふふ、とレフレンシアは含み笑いを漏らした。

まぁ、それもこれも、わたしの企みが成功すればの話だけども。

しかしそれにしても。

いくら非常時だとはいえ。

ガブリエラを新団長に据えるなどという無茶を、いったいレフレンシアはどうやって実現させるつもりなのだろうか。

2

「あの〰〰」

控え室に通じる扉が開いて、カイエが顔を覗かせた。

「どうかされましたか、レフレンシア様？」

先ほどのレフレンシアの高笑を聞いて不思議に思ったのだろう。レフレンシアは表情を引き締めて秘書官に応えた。

「いや、どうもしないよ、カイエ。驚かせたかい？　悪かったね」

「いえ、べつに驚いたわけではありません。なんでもないのならいいのです。失礼いたしました」

首を捻りながら、カイエが隣室に引っ込んだ。

もう一度、表情を和《やわ》らげたレフレンシアは、自分の進めるべきこれからの闘いに思いを馳《は》せる。

闘いは孤独で厳しいものとなるだろう。自分を助けてくれる援軍はどこにもいない。団長に就けようとしている当の本人、ガブリエラでさえ反対するのは目に見えている。最悪、味方であるはずの者さえ敵に回りかねない。

進め方は慎重に、けれど、ある意味、大胆にいかなくてはな。そこの平衡を保つのが難しいが、とにかく相手の度肝《どぎも》を抜いて、こちらの望む展開に持ち込むことが肝要《かんよう》だ。冷静になられたらこちらの負け。皆に考える暇《いとま》を与えず、一気に畳み込む。連撃、連撃、連撃だ。

では、まずどこから手をつけるべきかと、レフレンシアはもう一度、思案を巡らせる。最も守備の固い場所を攻めるべきか。それとも手薄な場所から攻めるべきか。

どちらにもそれなりの理屈はあるし、どちらにも一長一短はある。

敵の手薄な箇所を攻めるのは軍事的側面から見れば常識ではあるが、この場合、そうとばかりも言っていられないからな。何しろ攻めるのは敵ばかりではない。まず味方を攻めなくてはいけないのだから。

レフレンシアは不敵な笑みを浮かべて、攻略すべき相手の顔を思い浮かべる。

やはり身近にある難関、マクトゥシュから攻めるしかないな。

3

半刻後、レフレンシアはマクトゥシュの執務室を訪れていた。

マクトゥシュの執務室は、レフレンシアのそれと比べるとさらに広かった。なのに、一見しただけではあまり広さを感じない。

最大の理由は部屋が衝立《ついたて》で仕切られていて、向こう側の区画を補給担当長と財務担当長の二人と彼女たちの秘書官が使っているからだ。

もちろん、こちら側の区画にも、マクトゥシュの秘書官が二人――一人はネルファナだ――いる。

この部屋では、秘書官、上長の区別なく、誰もが上がってくる申請書やら報告書やら決済を求める書類やらと格闘しているところだった。

書類は机の上だけでなく床の上にも幾つもの山を作っている。壁際に設《しつら》えられた書類棚からも溢《あふ》れそうになっている。

置かれているのは書類だけではない。団内で試作した道具やら、団で使う武器やら用具やらの試買の品が無造作にあちこちに置かれていて、足の踏み場に困るほどだった。

雑然としたその様《さま》は、多数の本と多数の書類や道具という違いこそあれ、レフレンシアの部屋と雰囲気がよく似ていた。

わたしは殺伐《さつばつ》とした戦場よりも、雑然としたこういう雰囲気のほうが好きだけどな。もっともアルゴラ辺りに言わせると、こんな部屋に半刻もいたら退屈で死んでしまう、となるわけだけど。

同じものを見ても、同じ体験をしても、人によってまったく評価が異なるのが面白いよな、と思いつつ、レフレンシアは声をかけた。

「お邪魔するよ」

顔を上げて声の主を認めたネルファナともう一人の秘書官は、弾かれたように立ちあがった。

「お疲れ様でございます、団長代理」

衝立の向こうで、やはり書類と格闘している財務担当長のスレイマーニャと補給担当長のエァリァスが書類の確認作業を中断して顔を向けてきたので、レフレンシアは覗き込むように伸びあがり、二人に向かって軽く手を挙げた。

「ご苦労さん」

二人は、お疲れ様です、と挨拶《あいさつ》しただけで、再び書類に目を落とす。団長代理が来たくらいでは書類との格闘を止《や》めるわけにはいかない二人である。

敵の兵を相手にする番隊と違って、紙や羊皮紙《ようひし》を相手にする庶務分隊は、平時であろうと戦時であろうとつねに闘いの連続なのだ。

毎日書類と向き合っている庶務分隊を軽んじる者もいるけれど、レフレンシアは決してそんな評価は下さない。むしろ、番隊が闘えるのは庶務分隊が背後を支えてくれるからこそと高い評価をしている。

腹が減っては戦《いくさ》はできぬ。武器がなければ戦はできぬ。それを理解しない者に組織の頂点に立つ資格はない。そういう意味でいうなら、ガブリエラには立派な資格がある。補給や兵糧《ひょうろう》の持つ意味を、あいつはしっかりと理解している。理解しているからこそ、あんな無茶な策を立てられるのだ。

お兎様《うさぎさま》の乱の際にガブリエラの立てたあの無茶苦茶な作戦を思いだすと、今でもレフレンシアは笑いだしそうになる。

あれは、これまでずっと支えてきた、そしてこのあともずっと支えていくはずだったマリエミュール団長をレフレンシアが喪《うしな》った事件といえるが、同時に、これから支えるべき未来の団長を得た事件だったともいえるわけで、その数奇《すうき》な運命の巡り合わせにはレフレンシアも感慨を禁じ得ない。

いや、過去を振り返るのはあとだ、あと。今は目の前のことを、未来のことを考えるべきとき。

レフレンシアは思考を切り替え、秘書官に合図して二人を座らせると、そのままマクトゥシュの前に進みでた。

書類を繰る手を止めたマクトゥシュがレフレンシアを見上げる。

「お疲れ様です、団長代理」

「忙しいところを邪魔して悪いけど、ちょっと時間をもらえないだろうか？」

「ええ、かまいませんよ」

自分の仕事の最中にわざわざレフレンシアが訪れたのだから、彼女が世間話に来たのではないのは明らかだ。何か大事な話があるのは確実。

そう判断したマクトゥシュは、部屋を見回してから言った。

「ここはとっちらかってますから、別の部屋に行きましょうか？」

「そうだね。そうしよう」

二人は空《あ》いてる講義室を確認した後、連れだって部屋を出た。

4

庶務分隊員がお茶とお菓子を置いて講義室から退出していった。

レフレンシアはクッキーの載った皿に手を伸ばし、マクトゥシュは紅茶《こうちゃ》の入った茶器に手を伸ばした。

一口、紅茶を啜《すす》ったマクトゥシュが、

「で、どんなお話でしょう？」

と尋ねると、レフレンシアは手にしていた書類鞄から数枚の報告書を抜きだし、講義室の長卓の上に置くと、マクトゥシュのほうへ押しやった。

「これを見てくれないか」

茶器を卓上の受け皿に戻し、マクトゥシュが書類に手を伸ばす。

持ちあげた報告書に素早く目を走らせていくマクトゥシュの表情が、みるみる険しくなった。

「これ……まさか……どうして……」

そんな呟《つぶや》きがマクトゥシュの口から漏れる。

報告書を読み終えたマクトゥシュは、椅子の背もたれに自分の背中を預け、放心したような顔をレフレンシアに向けてきた。

「報告書の内容の確度が七、八割方……って、本当なのかしら？」

彼女は書類を放り投げるように卓上に置いた。

「そう書いてある以上、そうなんだろうね」

「でも……まさか……ルーアル・ソシエダイとシギルノジチが……軍事同盟だなんて、そんなことが……」

「どうやらわたしの懸念が当たってしまったようだ」

そうだ。団長代理は、この「最悪の場合」を予見し、恐れていたではないか。ということは、なんらかの対策をすでに持っているに違いない。

そう思ったマクトゥシュは、気を取り直してレフレンシアに訊いた。

「団長代理は、この事態にどう応対するべきだと思っているのです？　何か腹案はあるのですよね？」

レフレンシアは自嘲気味の笑みを浮かべ――もちろん作った表情だ――マクトゥシュに応える。

「腹案はない」

「そ……そんな」

マクトゥシュが途方に暮れた顔になる。

「腹案はないけど、わたしがしなくてはならないことが何かは自覚しているよ」

「え？　それはなんなのです？」

マクトゥシュの顔が再び期待に輝いている。だが、続くレフレンシアの言葉は彼女の期待を打ち壊し、どころか大いなる絶望に叩き落とすものだった。

「責任を取ることさ」

「……は？　責任？　責任とはなんのことですか？」

レフレンシアはいったん言葉を切って茶器に手を伸ばし、悠然と紅茶をすすり、悠然と茶器を受け皿に戻し、わざとらしく、ふぅ、とため息を吐《つ》いた。

「わたしはこの事態を読み切れなかった。なんの対策も採れなかった。おかげで鋼鉄《はがね》の白兎《しろうさぎ》騎士団は未曾有《みぞう》の危機に直面したと言っても過言じゃないね。団長代理とはいえ、わたしが今の白兎《しろうさぎ》騎士団の指導者なのだからさ、これはわたしの責任だ。そうだろう、マクトゥシュ？」

「それは」

「いえ……それは……」

レフレンシアの論理展開に思考が追いつけないマクトゥシュは目を白黒させていたが、ようやくのことで言葉を絞りだした。

「……レフレンシア様の責任ではない……と思いますけど」

「いいや、わたしの責任だね。だいたい、こういうものは組織の頂点にいる者が責任を取らなくてはいけないんだよ。責任の所在を曖昧《あいまい》なままにしておけば、組織の箍《たが》は緩み、組織の人員からは緊張感が薄れ、やがては組織そのものを腐らせてしまう。そうは思わないかい、マクトゥシュ？」

レフレンシアの言うことはたしかに一理ある。それはマクトゥシュも認めるが、この場合は違うだろうと思う。

ルーアル・ソシエダイ王国とシギルノジチ経国が手を結ぶなど、しかも、ただ手を結ぶだけではなく軍事同盟を結ぶなど、誰であっても予想できるはずのない珍事なのだ。それで責任を取らなくてはいけないのなら、ベティス大公国の首脳陣など総取っ替えになってしまう。

とそこまで考えたマクトゥシュは、不吉な予感を覚えて、ぎくりと体を硬くした。先ほどレフレンシアは「責任を取る」と言った。「責任を感じる」ではなく「責任を取る」と。いったいレフレンシアは、どう責任を取るつもりなのか!?

「あの、団長代理、責任を取るって……いったい……」

「そうだね。この場合、身を退《ひ》くことが責任を取ることなんだろうね」

「……はあ？」

「だから、わたしは責任を取って団長を降《お》り、退団すべきじゃないかと思うんだ。今日はその相談に来たんだよ、マクトゥシュ」

「はぁあぁあぁあ!?」

マクトゥシュは目を白黒させるだけでなく、顔を赤くしたり青くしたりと、壊れた信号機のようになっている。もっとも、この世界には信号機などないけれど。

「なっなっなっなっなっ」

今度は壊れた蓄音機《ちくおんき》のようになった。やっぱり蓄音機などないのだけれど。

「何を仰《おつしや》っているのですかっっ⁉」

「いや、だから、組織の長《ちょう》の責任の取り方を論じているんだよ、もちろん」

「馬鹿なことを仰らないでくださいっっ！」

顔を真っ赤にしてマクトゥシュが怒鳴った。怒髪天《どはってん》を衝くといった勢いだ。

「この大事なときに、あなたは団を見捨てて引退すると言うのですかっ⁉」

「いや、見捨てるんじゃなくて、責任を取って辞任するんだよ」

「同《おんな》じことでしょうっっ！」

レフレンシアはマクトゥシュの剣幕に圧《お》され、思わず上体を引く。

「あなたがそんな無責任なことを言うとは思いませんでしたっ！」

「いやだから責任を取るのであって、下手《へた》を打って団に迷惑をかけたわたしが居座ることこそ無責任というものだろ……」

「お黙りなさいっっ！」

マクトゥシュに怒鳴られ、レフレンシアは黙り込んだ。

実際、マクトゥシュがここまで激昂《げきこう》するとはレフレンシアも思っていなかったから、ちょっと驚いている。

「あなたがいま身を退いたら、いったい団はどうなるのです⁉　あなた以外の誰が団を率いていけばいいと言うのです⁉」

「いや、だから、あなたもいるし、クシューシカだって……」

「わたしに団を率いていけるはずがないでしょう。そんなことはあなただって百も承知のはずですよ」

恐ろしい形相《ぎょうそう》で、凄まじい目つきで、マクトゥシュがレフレンシアを睨《にら》んだ。

「わたしは自分のことをよく承知しています。わたしの本分はあくまで縁の下の力持ち。決して表には出ず、表舞台には立たず、頂点に立つ人をときに隣から、ときに後ろから支えていく。それがマクトゥシュ・アルクィン・ミラネという人間です」

「ああ、うん、知っている。そして、あなたにはいろいろ助けてもらった。とても世話になった。感謝している」

「それもこれも、あなたが助けるに足る女《ひと》だと思ったからこそ。この女《ひと》になら、団を任せられると見込んだからこそ。この女《ひと》なら、きっと白兎《しろうさぎ》騎士団と団員を高みに導いてくれると信頼したからこそ」

「過分な評価、恐れ入る」

「過分な評価などではないわ。正当な評価だったのよ。実際、あなたとマリエミュール様は……」

そこでマクトゥシュは少し言い淀んだ。レフレンシアとマリエミュールの関係を知っているから、気を遣ったのだろう。

「いいんだ、気にしないでくれ。もう……過去のことだから」

「そう」

一つ深呼吸をしてから、マクトゥシュは言葉を継《つ》いだ。

「あなたとマリエミュール様は団の指導者に相応《ふさわ》しい器量を持っていた。マリエミュール様に関しては少し見誤った部分もあったけど、あなたに関しては、そんな部分は一片《いっぺん》も感じてはいません。あなたは団を率いるに相応しい器量と気質と気概を持っている。だからわたしは、あなたを応援してきたの。わたしがこの歳になっても未だ引退もせず、こうして団に居残っているのは何故《なぜ》だと思うの⁉　あなたを少しでも手助けしたいからじゃない！」

「……本当に感謝している」

「だったら！　どうして身を退《ひ》くなんて言うの⁉」

「だから、それは責任の所在を明らかにするという意味で……」

「団から引退することが責任を取ることだなんて、あなた、本気でそんなふうに思っているの⁉」

レフレンシアは内心でマクトゥシュに対して深々と頭を下げ、ごめん、と声をかけてから、顔を上げ、正面からマクトゥシュを見据えて応えた。

「そう思っている」

「なっっ」

紅潮していたマクトゥシュの顔に、さらに怒りの朱《しゅ》が走った。

「やはりわたしは責任を取るべきだと思う。そして、わたしに降格を命じる者がいない現状では、わたしの責任の取り方は自ら団長代理の位《くらい》を降りて退団するしかないのだとそう思うんだ。でないと団員に対して示しがつかないよ」

マクトゥシュが両腕を持ちあげ、だんっ！　と卓に叩きつけた。重い方卓の脚が一瞬だけ宙に浮かんだ。

「あなたがそんな無責任な女《おんな》だとは思わなかったわっっ！」

「いや。わたしはこれがわたしの責任の取り方だと思っている。いま替わるべきなんだ、マクトゥシュ。未来を託せる、もっと若い才能の持ち主に」

「逆でしょう⁉　いま替わったら、若い才能を潰してしまうわ。どころか、白兎《しろうさぎ》騎士団そのものを潰してしまいかねないのよ⁉　あなた、それでいいの⁉」

「マクトゥシュ……いや、マクトゥシュさん」

「……は？」

いきなり呼び方を変えられて面食らったのか、マクトゥシュの怒りの形相が少しだけ緩んだ。

「これは団長代理としてではなく、一人の白兎《はくと》の騎士として言わせてもらうのだけれど。

入団以来、あなたがわたしに、わたしとマリエに目をかけてくれたこと、本当にありがたく思っている。あなたのおかげでわたしたちは団の頂点にまで昇ってこられたと言っても過言ではない。いくら感謝しても感謝したりないほどだ」

「だったら！　わたしを残して一人で勝手に団を辞めていくなんて、ずいぶんと酷《ひど》いんじゃない？」

「そう……だね」

レフレンシアは頭を掻《か》くような仕草を見せた。

「そう言われると返す言葉もない。でも、たとえ代理であっても、団の頂点に立つ者としては、このまま何もしないわけにはいかないよ。失敗した者は責任を取らなくては。そして、上に立つ者ほど重い責任を負っているのだから責任の取り方も重くなる。そう思うんだ」

「本気……なのね？」

「本気だ」

「もう決めたの？　考え直す気はないの？」

「ない」

「白兎《しろうさぎ》騎士団の未来がどうなってもいいと言うの？」

「そんなことは言わない。わたしに替わる者なら幾らでもいるさ」

マクトゥシュは悲しそうな顔になり、切なそうなため息を吐《つ》き、肩を落とし、呟くように言った。

「そんな者がいるわけないのに」

「そう悲観することもない。若くて生きのいい才能溢れる者が何人もいるよ」

「でも……クシューシカはまだ経験が不足している。アナは、団長というにはやや迫力不足かしら。一部の番隊員からは少し軽んじられている面もあるし」

レフレンシアは、マクトゥシュの評価に異を挟まず黙って聞いている。

「アルゴラは論外だし、ヨーコは孤高すぎるし、フェーレンは若い娘《こ》の受けが弱いし。みんな帯に短し襷《たすき》に長しよ」

レフレンシアが苦笑を浮かべて言った。

「手厳しいな」

「わたしも団長代理と副団長代理という地位を離れて、一人の先輩として言わせてもらうけれど」

マクトゥシュは眉を寄せ口をへの字に曲げ、難しい顔をレフレンシアに向けてきた。

「やはり、いま団を率いて襲い来る危難に立ち向かえるのは、あなた以外にはいないのよ、レフレンシア」

「あなたが支えてあげれば、若い娘《こ》でも充分にやっていけるよ」

「平時ならね。でも今は違う。今は非常時なのよ。経験不足の若い娘《こ》では危難を乗り切れない。それに」

またもやマクトゥシュは右の拳で、だんっっ、と卓を叩いた。

「自分はさっさと退団しておいて、わたしにはまだ団に残れと言うの⁉　それこそ自分勝手な言い草ね」

レフレンシアはまた苦笑した。

「……そうだね。わたしとあなたで支えれば、若い娘《こ》でもどうにかなるのだろうけど」

「そうよ。だったら」

「でもね。だとしても、やはりわたしはこういう事態を招いた責任を取るべきだと思うんだ。取らなくてはならないと思うんだ」

マクトゥシュは天を仰いでため息を吐《つ》いた。

「決意は固いようね」

マクトゥシュのその問いに直接には答えなかったが、レフレンシアの次の言葉は彼女の決意に揺るぎがないことをマクトゥシュに教えた。

「わたしとしては、早急に幹部総会を招集してこの件を諮《はか》ろうと思っている。次の体制を整えるためにも、急がなくてはならないからね」

「みんな大反対するわよ。もちろん、わたしも大反対する」

「困ったな。あなたにだけは、わたしの考えを認めてもらいたかったんだけど」

「認めるものですか。もしアルゴラが『団長代理の退団を阻止するためにあなたを牢獄に繋ぐべきだ』と言ったのなら、わたし、アルゴラに与《くみ》するわよ、きっと」

「アルゴラはわたしのことを嫌っているよ。辞めると言えば拍手を送ってくれるのではないかな？」

「あなたのことを個人的に好いていようと嫌っていようと彼女には関係ないことよ。今あなたが退団することが団にとって災《わざわ》いをもたらすと思えば、アルゴラはあなたを止《と》めようとするはず。彼女のことですもの、どんな手段を採ってでもね」

「まぁ……あいつならやりかねないな」

と苦笑してから、レフレンシアは表情を引き締め、でもね、と静かに言った。

「あなたや他《ほか》のみんなが何をしてもかまわない。けれど、これはわたしが決めたことだ。もう決めたことなんだ、マクトゥシュ」

マクトゥシュは諦めたように首を横に振った。

「判りました。そこまで言うのなら。でも、幹部総会……総会なのね？」

「ああ、総会だ」

「幹部総会の結論は見えているわよ。あなたの退団にはあくまで反対。賛成する者が、ただの一人でも出るとは思えない」

「それでも。みなに反対されても。わたしの意志は変わらないよ。わたしの結論は揺るがないよ」

はぁ〜〜っ、と長いため息を吐《つ》いてから、マクトゥシュは自嘲気味に笑った。

「わたし、アルゴラと組んで謀反《むほん》を起こそうかしら」

「おいおい、穏やかじゃないね」

「あなたを反逆罪で捕縛した後、査問《さもん》委員会にかけて処罰するわ。罰は、そうね、団長代理を続けること。いえ、むしろ正式に団長に昇るべきね。昇らない場合は死罪……というのはどうかしら」

「いや、どうかしらと言われても」

レフレンシアは苦笑するしかない。

「それに、団長に昇るのでは処罰になってないじゃないか」

「あなたが嫌がることを命ずるのだから、罰になるわ。そして団のためになるのだから、これは一石二鳥ね。ああ、わたし本気で考えようかしら」

「勘弁、勘弁」

レフレンシアは笑いながら卓上の書類を回収し、ゆっくりと立ちあがった。

「幹部総会は明日にでも開催するつもりだから、そのときはよろしく」

レフレンシアはマクトゥシュに向かって頭を下げた。内心で彼女に謝りながら。

レフレンシアが密かに謝ったのは、退団でマクトゥシュにも迷惑をかける……ということではない。マクトゥシュを騙《だま》していることにだ。自分の構想を実現させるためとはいえ、大恩あるマクトゥシュを騙すのは、さすがのレフレンシアも心苦しかった。

それでもレフレンシアはやり通すつもりだ。自分がどれほど攻撃されようと。自分がどれほど非難されようと。自分がどれほど辛《つら》かろうと。

それが白兎騎士団《しろうさぎきしだん》の未来のためになると信じているから。

レフレンシアは決意を込めた厳しくも険しい顔つきでマクトゥシュの講義室をあとにした。彼女の険しい表情は、団長代理の退団の決意が固いことを改めてマクトゥシュに印象づけたことだろう。

廊下に出たレフレンシアの足音が遠ざかっていき、やがて聞こえなくなると、マクトゥシュは意を決したように勢いよく立ちあがり、自分の執務室へと走った。

怒ったような形相でマクトゥシュが駆け込んでくるのを見て、二人の秘書官が驚いて立ちあがる。

「マクトゥシュ様？」

「どうされましたか？」

マクトゥシュは、先ほどの話を手短に聞かせた。白兎騎士団《しろうさぎきしだん》を危機に陥れた責任を取って団長代理が退団するという話を。

「……まさか」

「レフレンシア様、本気なんですか⁉」

「困ったことに本気みたいだわね」

二人の秘書官の顔色が見る間に蒼白になっていった。

「けれど、はいそうですかと認めるわけにはいかないわ。こんな大事な時機なら尚更《なおさら》。だからね、あなたたちに少し手伝って欲しいことがあるの」

「は、はい、なんでしょうか？」

「みんなに話をして、集めて欲しいのよ」

5

翌日。

時刻は五刻時――今でいう午前十時頃。

執務室の机の前でレフレンシアは両手を挙げ大きく伸びをした。

「さて、では行くか。わたしの戦場へ」

手を戻して立ちあがろうとしたレフレンシアがふと視線を逸らせると、執務机の脇に山積みになっている紙や羊皮紙の束が目に入った。

レフレンシアは肩を落とし、体から力を抜いて小さなため息を吐《つ》く。

これを見せられると、さすがのわたしも少し良心が痛むな。

レフレンシアの机の脇に山と積まれた紙や羊皮紙の束は、マクトゥシュの二人の秘書官を中心とする有志が、団内を駆け回って集めた嘆願書《たんがんしょ》——退団を思い留《とど》まって欲しいという——だった。

わたしがこれほど団員から高評価を受けているとは思わなかった。半分くらいの団員からは嫌われていると思っていたのにな。ありがたいことだ。

というレフレンシアの感想、感慨は、まさに彼女の本音《ほんね》だった。

レフレンシアであっても、皆を騙すのはやはり心苦しいことだった。自分を信頼してくれている部下であれば尚更だ。

けれど、もう引き返せない。戦場で怖《お》じ気《け》づいて敵に背を向ければ、待っているのは討ち死にという悲惨《ひさん》な未来だけ。苦しくても孤立無援でも今は前に進むしかない。未来を信じて。仲間を信じて。それに、予想外に皆の受けがいいということは、この作戦が成功する確率が高いということを意味するんだからな。

レフレンシアは立ちあがると、隣室のカイエとアマネーに声をかけて静かに部屋から出ていった。

もちろん、嘆願書にはカイエとアマネーの署名もあった。

6

本城《ほんじよう》の大会議室に鋼鉄《はがね》の白兎騎士団《しろうさぎ》の幹部が勢揃《せいぞろ》いしていた。

番隊のうちの何隊かは皆在番で本城を離れていたが、昨日《きのう》のうちに伝令が走って今日の幹部総会開催の件を伝えていたので、各隊の隊長は全員、朝のうちに本城に移動してきていた。

大会議室は外部からの賓客《ひんきやく》の応接――女性専用であるが――にも使われる部屋で、壁には飾り布が垂らされ、天井からは飾り燭台が吊《つる》され、石床の上には中央の大陸から移入された絨毯《じゆうたん》が敷かれ、質素で素っ気ない他《た》の部屋に比べればかなり華やかな印象だ。

幹部たちが囲む方卓も輝くばかりに光沢のある漆黒の塗料で塗られていて、覗き込めば顔が映るほど平らで滑らかだった。

部屋の中央に置かれた大きな黒い方卓を囲んでいるのは。

団長代理のレフレンシア・レブローニュ・スキピアノス。

副団長代理兼庶務分隊長であるマクトゥシュ・アルクィン・ミラネ。

救急分隊長のアナ・ハイデル・トスカル。

以下、一番隊隊長、アルゴラ・アスターシャ・アレスタ。

二番隊隊長、ヨーコ・ジュン・シラサギ。

三番隊隊長にして番隊長筆頭、クシューシカ・クセノフォン・ハイドリアノス。

四番隊隊長、フェーレン・カッシーノ。

五番隊隊長、アイヴィウス・アイマール・アイネリウス。

庶務分隊の財務担当長、スレイマーニャ・スイフトソフィー・サーレッソー。

庶務分隊の補給担当長、エァリァス・エリダノス。

特務分隊長兼警邏《けいら》隊隊長、レオノーラ・エレマル・サイクス。

警邏隊副隊長のエンデミオン・エネルージュ。

警邏隊だけは、レオノーラが特務分隊と兼任なので副隊長が出席している。

今日は幹部総会ということもあって、いつもなら白い裳裾《もすそ》に兎耳《うさみみ》帽子という出《い》で立ちのマクトゥシュやアナ、スレイマーニャにエァリァスなども白銀《しろがね》の鎧を着込んでいた。

彼女たち以外にも、各幹部の秘書官がそれぞれ一名ずつ筆を手に別卓に控えている。

通常、団の基本方針を決める場合は、レフレンシア、マクトゥシュ、アナ、クシューシカの、いわゆる最高幹部と呼ばれる四人で会議が行われることが多く、今日のように幹部全員に招集がかけられることはあまり多くはない。

方卓を囲む多くの幹部の顔には緊張の色が浮かんでいた。

それもそのはず。

今日の議題はレフレンシア団長代理の団長代理辞任と退団に関するものだという話が、嘆願書への署名願いの回覧と共に昨日のうちに団内に広まっていたからだ。今朝方など、団のどこに行っても、団の誰と出会っても、その話しか出ないほどだった。

アナやクシューシカなどの良識派は朝一番でレフレンシアの執務室に押しかけ、彼女の真意を問い、翻意《ほんい》を迫ったのだが、レフレンシアは例によってのらりくらりと攻撃をかわし、結局、総会でということで逃げ切ってしまったのである。

そうして今、鋼鉄《はがね》の白兎《しろうさぎ》騎士団の未来を左右し、鋼鉄《はがね》の白兎《しろうさぎ》騎士団の命運を決する、重大で重要な幹部総会の幕が切って落とされようとしていた。

7

「さて」

と口火を切ったのはマクトゥシュ、アナ、クシューシカと共に上座《かみざ》に座っているレフレンシアだった。

立ちあがった彼女は、真面目《まじめ》な顔のままこう言った。

「マクトゥシュに進行役を頼むと、誘導尋問をされたり、最悪、わたしの捕縛命令を出されたりしかねないので、わたしが自ら進めることにするよ」

レフレンシアの冗談にも誰一人として笑わなかった。ひょっとしたらレフレンシアは半分くらい本気だったのかもしれない。

「みんなに配った報告書の写しはもう読んでくれたと思うので詳細は省略するけど」

出席者は一様に、ちらと卓上の紙の束に目を落としたが、すぐに視線をレフレンシアに戻した。

「ルーアル・ソシエダイ王国とシギルノジチ経国が軍事同盟を結ぶのが確実な情勢になってきている。ひょっとしたら、この時点でもう結ばれたかもしれない。このことが何を意味するかは言わずもがなだと思うけど」

レフレンシアはいったん言葉を切って、出席者の顔を見渡した。

誰も何も言わない。なんの反応も見せない。室内には、いつもの鋼鉄《はがね》の白兎《しろうさぎ》騎士団の会議では感じられない、重苦しい不気味な雰囲気が立ち込めている。にも拘《かかわ》らず、レフレンシアだけはいつもの如《ごと》く淡々と話を再開させるのだった。

「友邦ベティスと我々、鋼鉄《はがね》の白兎《しろうさぎ》騎士団にとって大きな危機が訪れるということだ。おそらくはこの先、両者の存亡を懸けた戦いが始まるだろうということだ。戦いが始まれば、敵も味方も血が流れるのを避けられないということだ。事ここに至ってしまった以上、非軍事的な解決法はほぼ消滅したといってもいい」

そこまでを堂々とした態度と口調で一気に話したレフレンシアだが、唐突に、すまなかった、と全員に対して頭を下げた。

「わたしがもう少ししっかりしていれば、こうなる前に対処のしようがあったのではないかと反省している。戦争を避ける道が探れたのではないかと悔やんでいる。けれど、もうここまで来てしまった以上、過去を省《かえり》みていても仕方がない。我々は、我々の未来に向けて動きださなくてはならないんだ」

何人かの幹部が、レフレンシアの言葉に賛意を示すように力強く頷いた。

「けれど、その前に片付けておかねばならないことがある」

今度は何人かの幹部が首を左右に振ったが、かまわずレフレンシアは話を続ける。先ほどよりも彼女の声が大きくなっている。

「白兎《しろうさぎ》騎士団をこのように危うい立場に追い込んでしまった者は責任を取らなくてはならないと思う。では、誰のせいなのか。もちろんわたしのせいだ。団長代理という重職にありながら、事態を読み間違え、危機管理を疎《おろそ》かにして、白兎《しろうさぎ》騎士団を危機的状況のただ中に追いやってしまった。わたしは団長代理失格だ」

居並んだ幹部の多くが首を横に振った。強く振った。

「このような失態を犯したわたしは団長代理の地位を降りるべきだと思う。どころか、団に留まることさえ相応しくない。わたしは己の失態の責任を取って団長代理を降り、白兎《しろうさぎ》騎士団を退団するべきだろう。それをこの場で宣言し、皆の承諾を求めたい」

話を終えたレフレンシアが静かに腰を下ろすと、マクトゥシュが右の拳で卓を叩いた。だん！　という音が静かな会議室に響いて、何人かがびくりと上体を引いた。

「わたしは絶対に認めません」

マクトゥシュが険しい目つきと厳しい表情で居並ぶ幹部を見渡している。もしも団長代理の退団に賛同する者がいたら承知しないぞ。そんな意志を込めて。いつもとは別人のような迫力だ。

「わたしも反対です」

アナが続いた。

「責任を取って退団するとレフレンシア様は仰いますが、この危機的状況に追い込まれた白兎《しろうさぎ》騎士団を危機的状況から抜けだすべくわたしたちを導くことこそが、本当の意味での責任の取り方ではないでしょうか。あ、いえ、べつにレフレンシア様が下手《へた》を打ったことを認めたのではありませんよ。誰が団長であっても、この事態は避けられなかったと思っていますし。そもそも歴史の大きな流れに巻き込まれてしまえば、個人の力ではどうにもならないことがあります。ですからわたしの意見は、レフレンシア様に責任はないし、責任を取るなら団長代理のまま取ってください、ということです」

何人かの幹部から拍手が湧いた。

今のアナの意見が、おおよそ幹部たちの総意だと思ってよさそうだ。

　実際、そこからは反対意見の連続だった。少なくともレフレンシアの「責任を取って退団する」という意思表明に賛同する者は一人も現れなかった。

　アルゴラなど、

「いま団を辞めるなど、敵前逃亡にも等しい愚挙《ぐきょ》。敵前逃亡は死罪だ。ちょうどいい、わたしが斬ってやろう」

　と言って脇に置いてある剣の柄《つか》に手をかける始末。

　何がちょうどいいのかさっぱり判らないが、放置しておくわけにもいかず、近くに座っていたヨーコやフェーレンが腰を浮かせたアルゴラを押さえつける。アルゴラも本気ではなかったから剣を抜くような真似こそしないが、マクトゥシュが「レフレンシアを捕らえろ」と言えば、即座に動きだしそうな気配だ。

「頼むから、これ以上事態をややこしくしてくれるな」

　とクシューシカがアルゴラに釘を刺す。

　アルゴラとしても、元上司で現在は番隊長筆頭の地位にあるクシューシカを無視するわけにもいかず、少し不満げな顔で腰を下ろしたのだが、腰を下ろすときに、

「事態をややこしくしているのは団長代理だと思いますが」

　と一言、嫌みを言うのは忘れない。

「いいから黙っていろ」

アルゴラは表情を消し、氷のアルゴラの異名《いみょう》に相応しい無表情さで、

「黙りました」

と言ってから口を閉ざした。

クシューシカは思わず苦笑する。

やれやれ、アルゴラの奴、かなり怒っているようだな。

元の部下だけあって、クシューシカは他《た》の団員よりもアルゴラの感情を読むのに長《た》けている。というか、慣れている。

彼女がレフレンシアに対して攻撃的なことを言うのは、レフレンシアに対して本気で腹を立てていることの裏返しだろう。それはつまり、アルゴラも、この先、団を率いてルーアル・ソシエダイ王国やシギルノジチ経国と闘《や》り合えるのはレフレンシアしかいないと認めている証左だ。

当然だな。レフレンシア様を措《お》いてこの危難を切り抜けられる者はいない。レフレンシア様とマクトゥシュ様の話し合いではわたしの名も出たようだが、わたしには無理だ。それはわたし自身がいちばん判っている。わたしに無理なら、残るのはマクトゥシュ様かアナ様しかいないのだが……。

二人は有能だ。部下からの信頼も厚いし、外部の受けもいい。だが、団が生き残れるかどうかという危機的な状況では、「少し弱い」とクシューシカなどは思う。

彼女が言う「少し弱い」とは、戦闘指揮官として団員から全幅《ぜんぷく》の信頼を得ているかどうか、という側面だ。

平時ならいざ知らず、戦時ともなれば、戦闘指揮官としての能力が団長には何よりも必要とされる。

かといって、それさえあればいいわけではない。団長には政治力や外交力、先を読む力などが不可欠だ。さらに言えば敵を欺《あざむ》く謀略を考え実行する知力なども欲しい。戦術家であると同時に戦略家であることも要求されるのだ。

戦闘指揮官という面だけなら多少の自信があるクシューシカだが、それ以外の要素に関してはいま勉強中といったところで、あまり自信はなかった。もちろん彼女の先生はレフレンシアである。だから二重の意味で、いまレフレンシアにいなくなられては困るというのがクシューシカの本音だった。

そういえば。

ふとクシューシカは思いだした。

新人のくせに敵を欺く大した知謀の持ち主がいたっけな。もっとも、あいつの場合、敵だけでなく味方も欺いてしまうのが難点だが……いや、いかんいかん。今はそんなことを考えている場合ではないぞ。

クシューシカは脳裏に浮かんだガブリエラの顔を追い払い、目の前のレフレンシアとマクトゥシュに注意を集中させる。

他《ほか》の誰がなんと言おうと、結局はこの二人がどう判断するかにかかっているのだ。今の白兎騎士団《しろうさぎ》では、それほどにこの二人の存在は重く、どちらが欠けても団が蒙る《こうむ》痛手は計り知れない。

レフレンシアは居並ぶ幹部の顔にゆっくりと視線を巡らせ、そしてフェーレンのところに留《と》めた。

「君はまだ意見を言っていないな、フェーレン」

「はい。ですがわたしは……」

少し言い淀んだフェーレンだが、直ぐに言葉を継いだ。

「特に自分の考えはありません。団長代理の判断に従います」

積極的な賛成ではないものの、初めてレフレンシアの意志に肯定的な意見が出てきて、ざわりと場がざわめいた。驚きの顔を向ける者もいる。

「そうか。あとは」

また視線を動かしたレフレンシアは、今度はレオノーラのところで留めた。

「レオノーラはどうなんだ？」

「わたしですか〜〜？　わたしは〜〜」

立ちあがったレオノーラはきょろきょろと周りを見回し、困ったような顔で、ん〜〜、と唸《うな》った。

「わたしはぁ、アルゴラ隊長に一票……ですかね〰〰。いま団を辞めるのは卑怯だと思います〰〰」

我が意を得たりとアルゴラが頷いた。もっとも、表情は少しも変わっていなかったが。

「白兎《ろうさ》騎士団に入団して以来、初めて意見が合ったな、レオノーラ」

「あれえ？　そうかな〰〰？」

レオノーラが首を捻りながら着席した。

「全員の意見が出そろいましたね」

とマクトゥシュが隣のレフレンシアのほうを見やった。

「消極的賛同者が一名。残り全員はあなたの退団に反対です。強く反対です。それでも団長を降り、団をお辞めになると言うのですか⁉」

レフレンシアは困った顔で頭を掻いた。どこかわざとらしい仕草だったが……。

「しかしねマクトゥシュ。たとえ誰であれ、その者がどんな地位であれ、為したこととその結果には責任を取らなくては」

「あなたの責任の取り方は、白兎《ろうさ》騎士団の仲間を放りだし、一人で逃げだすことなのですか⁉　それこそが無責任なのではありませんか⁉」

「そう言われると心苦しい。けれど、白兎《ろうさ》騎士団をこんな危機的状況に陥れたわたしが、団の最高指導者の地位にいるのはもっと心苦しいんだよ、マクトゥシュ。それに、こんなわたしがいちばん上にいたら、今後、部下の失敗を責められなくなる。責任を問えなくなる。それでは白兎騎士団《しろうさぎきしだん》はがたがたになってしまう」

「ですが……」

「手柄を立てれば報《むく》いられ、失策を犯せば責められる。入団年度や地位に関係なくね。我々は今までずっとそうしてきただろう？　それが鋼鉄《はがね》の白兎騎士団《しろうさぎきしだん》の伝統だったし、よさだったとわたしは信じている。わたしはその伝統を無視できない。団長代理自らが伝統のよさを壊すことだけは避けなくてはならないと思っている」

「ですが……何もいきなり辞めなくてもいいのではありませんか」

と口を挟んできたのはヨーコだった。

「そうです。ヨーコの言うとおりだ」

クシューシカも大きく頷いた。

「わたしは白兎騎士団《しろうさぎきしだん》が危うい立場に追い込まれたのはレフレンシア様のせいではないと思っていますが、仮に、それではレフレンシア様の気が済まないと仰るのであれば、他《ほか》の責任の取り方もあるのではないでしょうか」

「例えば？」

レフレンシアに訊かれ、クシューシカは少しだけ考えた。

「例えば……そう、例えばですが、謹慎《きんしん》するとか」

「そう。そうですよ」

アナが続いた。

「団を辞めるなんて、結果に比べて責任の取り方が過剰すぎます。いえ、過激すぎます。もっと釣り合いの取れた責任の取り方をしていただきたいわ。いまクシューシカが言った謹慎なんて、いいと思いますけど」

「そうだわよ。謹慎して反省文一日百枚とか」

「マクトゥシュ様、反省文百枚って……」

クシューシカが苦笑を浮かべていると、次々と意見が出された。

「重営倉《じゅうえいそう》とかでは？」

「とりあえず一日、二日、形だけでも牢獄に入れれば、それでいいのでは？」

「罰掃除はどうですか？」

「便所掃除！」

「靴磨きも」

「庭の落ち葉掃除」

「ついでに芋《いも》焼いて」

「『ごめんなさい、わたしがやりました』の紙を首からぶら下げて廊下に立たせる」

「子供か、レフレンシア様は⁉」

「向こう一年、露天風呂の掃除担当」

「入浴時に、みんなの背中を流す」

「足も洗って」

「全身隈《くま》無く洗って」

「それ、レフレンシア様が喜ぶだけだから」

「鞭打ち百回」

「いやいや、それは……」

「手足を斬り落とす」

「誰だ、最後のはっ⁉」

「言うまでもなくアルゴラ隊長です」

収拾がつかなくなってきたので、アナが手を叩いた。

「はい、みんな、ちょっと黙って黙って」

騒がしくなっていた室内が瞬時に静まった。

「どうなのですか、レフレンシア様。今回の予想外の事態にレフレンシア様の責任が少しはあるとしても、辞めるまでもないこと。皆はそう思っています。どうしてもけじめをつけたい、責任を取りたいとレフレンシア様が思うのであれば、先ほど皆が言ったような罰を科せば、それで充分なのではありませんか？」

「うん……いや、そうだね……でも」

レフレンシアは少し迷う素振りを見せた。

ここが押しどき。

アナやマクトゥシュはそう思い、なおも畳みかける。

「団を率いてこの危難を乗り越えられるのは、あなたしかいません、レフレンシア様」

「仲間を見捨てるようなことを言わず、団に留《とど》まって責任を取る方法を考えてくださらないかしら」

宙に向けられたレフレンシアの視線が揺れている。いかにも迷っているといった風情《ふぜい》だった。

「団長代理の決定をわたしたちが数で覆せるわけではありませんけど、みんなの想い、みんなの願いを無にしないでください！」

アナが叫ぶようにそう言うと。

「うん、まぁ……わたしも団を辞めたくて言いだしたわけじゃないし」

「でしたら！」

「かといって、やはりけじめをつけないわけにはいかない」

「だから、それは罰掃除で」

「毎日、みんなの肩揉みでも〜〜〜」

「四肢《しし》切断」

「いいから、あなた方は少し黙ってなさい」

アナに睨まれ、隊長連は、うっ、と頭を引いた。見た目、いかにも優雅で気品のあるアナが目を吊りあげて睨みつけると、かなりの迫力だった。

アナは吊りあげた目を戻し、

「どうなのですか、レフレンシア様」

と迫った。

「みながそうまで言ってくれるのなら……わたしは退団するという選択肢は選べないんだろうね」

居並ぶ幹部たちの顔が、ぱぁっと輝いた。

「けれども、やはりけじめはつけておきたい。つけない限り、わたしは白兎騎士団《こ》には留まれない」

「……そうですか。それは……それでレフレンシア様の気が済むのであれば、仕方ないのかもしれませんね。でも、どのようなけじめを？」

「そうだな」

レフレンシアが宙を見上げて考え込んだ。

幹部たちは次に彼女の口から発せられる言葉を聞き逃すまいと、レフレンシアの口許《くちもと》に視線を集中させる。

　顔を戻したレフレンシアは、一同を見渡して言った。

「団長代理からは降りる。これは、これだけは譲れない。降りたあとの地位をどうするかは、みんなの意見に従うよ。新団長の秘書でもいいし、平団員でもいいし、便所掃除要員でもいいさ。いずれにせよ、団に留まって新団長を支えていくつもりだ」

　安堵のため息が幾つも漏れた。

　マクトゥシュも胸を撫でおろしたが、直《す》ぐに、

「平団員なんて、とんでもないわ」

と強い口調で言った。

「団長代理から降りるのは仕方がないかもしれません。そこは譲りますけれど、でも、副団長には留まっていただかなくては。一兵卒《いっぺいそつ》などでは団長を支えようがないではありませんか」

　即座にクシューシカも応じた。

「マクトゥシュ様の仰るとおり。団長代理辞任はやむを得ずとしても、副団長には留まっていただきますよ」

　他の出席者からも次々と同様の意見表明が続いた。

最後にアルゴラが、

「副団長にも留まれないなどと戯言《たわごと》を言うようなら、副団長室の椅子に縛りつけてしまえばいいのでは？　いや、いっそ鎖で繋いでおけばいい」

と言うと、あちこちから賛同の声が上がった。

「みんなのご厚情《こうじょう》には感謝の言葉もないね」

レフレンシアが戯《おど》けた態度でそう言うと、マクトゥシュとアナが彼女に正対した。

「では、退団の件、撤回なされたということでよろしいのですね!?」

「これ以上、みんなに迷惑をかけられないし、仕方がないね。レフレンシア・レブローニュ・スキピアノスは今回の責任を取って団長代理の職を辞任、副団長への降格処分となる。これでいいかな」

「お〜〜〜〜〜〜〜！」

「やったぁ」

歓声と拍手が沸き起こった。

出席者の顔には一様に安堵の色が浮かんでいる。

「やれやれ」

「これで一安心だ」

「一時はどうなることかと」

みなは隣の者と顔を見合わせ、よかったよかったと頷き合った。

喜色に溢れる中、ふとアナが我に返る。

「ところで、レフレンシア様」

「なんだい、アナ？」

「空位になってしまう団長位ですけど」

「団長位は元々空位だったよ」

「いえ……ちゃんと『代理』がいらっしゃったのですから、完全に空位だったわけではありません」

「まぁ、そうかな。で？」

「団長には誰をお就《つ》けになるおつもりですか？」

8

アナの一言で、一気に場が鎮《しず》まった。みなの視線がまたもやレフレンシアに集中する。

先ほど緩んだ視線も元通りに鋭さを増しているし、先ほど緩んだ表情も硬さを取り戻している。

レフレンシアはゆっくりと顔を巡らせ、そして。

「マクトゥシュを指名したら、引き受けてくれるのかい？」

「それは駄目でしょう、団長代理」

「いや、わたしはもう……」

「正式に辞任されるまでは団長代理です！」

「ああ……そう」

「わたしが替わるのでは意味がありませんよ。どうせ新団長を選ぶのでしたら、きちんと代替わりさせないと。わたしはもう歳ですからね、激務にどこまで耐えられるか自信がありません。一年後には団にいないかもしれないようなわたしを選んでもなんの意味もないと思いますけど」

レフレンシアはマクトゥシュの言葉に素直に頷いた。

「そうだね。わたしが辞めてマクトゥシュが就くのでは、あまり意味がないね」

その素直な反応に、レオノーラは微《かす》かな違和感を覚えたが……。

いやぁ、考えすぎだよね〰〰。レフレンシア様だって年がら年中、ひねくれてるわけじゃないし〰〰。

「では、誰を？」

マクトゥシュ、アナだけではなく、その場にいる全員が身を乗りだした。もっとも、その過半はクシューシカが指名されるのではないかと予想し、残りの者はアナではないかと思っている。

レフレンシア、マクトゥシュを除けば、団長に就く候補者はアナかクシューシカしかいないだろうというのは衆目の一致するところだ。

ただ、クシューシカには少し経験不足なところがあるし、アナは戦闘指揮官としての資質、経験に疑問符がつく。

だが、その問題点も、副団長レフレンシアが横にいて補佐すれば大した問題ではない。

誰もがそう思った。

「誰を指名するかは、もう少し考えさせてくれないか。いや、わたしの中では候補者は出ているんだけどね、最終的な決断にもう少し時間が欲しいんだ。何しろ突然出てきた話だから、まだ考えがまとまらない部分もあって」

「団の未来を左右するような重大な決定ですから、レフレンシア様が慎重になるのも判りますが」

とアナが応えると、他《た》の出席者も、たしかに、と頷いた。

「そう簡単に結論を出せないのも無理からぬことですが、でも、あまり時間的な余裕がないのも事実です」

「判っているよ、アナ。そうだな」

レフレンシアは一同の顔を見渡した。

「二日後の昼前に、もう一度集まってもらえるかい？　そのときに次の団長に誰を指名するかを発表したいと思う」

「はい、了解しました」

「もちろんかまいませんよ」

アナとマクトゥシュが応えると、他の出席者は無言で大きく頷いた。

「けれど、わたしが誰を指名しても恨みっこなしだよ？　みんなはわたしと共に新団長を支え、助けていってくれるかい？」

「もちろんですわ」

「当然ではないですか」

「訊かれるまでもないわ」

「力の限り支えますとも」

「不服、不満を漏らすような輩《やから》は、わたしが斬り捨てよう」

出席者からは次々と応諾《おうだく》の言葉が口をついて出た。

それも当然か。誰もが、レフレンシアはアナかクシューシカのどちらを選ぶかで迷っていると思っているのだから。それ以外の名前が出てくる可能性など、これっぽっちも考慮に入れていない。

レフレンシアは内心のほくそ笑みを押し隠し、あくまでも真剣な顔を崩さず、どこまでも真摯《しんし》な声音《こわね》を変えず、一同に呼びかけた。もしも彼女の真意を知っている者が見ていたら、その素晴らしい演技力に感嘆の声を上げたに違いない。

「もし新団長に従えない、支えられないとみんなが言う場合は、わたしに対する不信任であるわけだから、わたしは団に留まれないと、そういうことになる。だから、誰が新団長になろうとも、みんなで力を合わせて彼女を支え、盛り立てていって欲しいんだ。いいよね？」

「もちろんです」

「言われるまでもありません」

「力の限り新団長を支えます」

誰もが力強い言葉で、態度で、新たな団長を支え、盛り立てていくことを誓った。

これまた当然のことだった。みなの頭にあったのはアナかクシューシカのどちらかが新団長に就くという可能性だけだったから、「アナかクシューシカのどちらが指名されても、二人のどちらを支持していたかに関係なく、一片のわだかまりも残さず誠心誠意で新団長を支える、全力で盛り立てる」という意味で誓ったのだ。

まさにレフレンシアの思う壺だった。

「ありがとう」

レフレンシアが一同に対して頭を下げた。

「いいえ」

「お気になさらずに」

「レフレンシア様が団に留まってくれて嬉《うれ》しいです」

会議の結果、レフレンシアの決断がよい方向へ替わった。これで白兎騎士団《しろうさぎ》の未来も明るくなった。

この時点では誰もがそう信じていた。

レフレンシアのやり口や性格を熟知しているはずのレオノーラでさえ胸を撫でおろしていたのだから、己の構想を実現するために打ったレフレンシアの芝居、見事という他《ほか》ない。

レフレンシアは頭を下げながらこう考えていた。

これで外堀は埋めた。あとは内堀を埋め、出城を落とせば、本城は丸裸。落城させるのもそう難しくはない。

第4章
強行突破

1

会議の内容とそこで出た結論——即《すなわ》ち、白兎《しろうさぎ》騎士団を危機に陥れた責任を取って退団しようとしたレフレンシアだが、皆に止められて退団は思い留《とど》まった。団長代理の地位からは降りるが、副団長として団に残り、新たに選ばれた団長を補佐していく——は、瞬《またた》く間《ま》に団内を駆け巡った。

本城《ほんじょう》のあちこちで歓声が弾け、中には万歳を叫ぶ者もいた。苦労して嘆願書《たんがんしょ》を集めたかいがあったと涙ぐむ者さえいた。団内にレフレンシアを信頼し、信用し、信奉している者が多いという証左だった。レフレンシアのことを好いていない者もいるだろうが、彼女らとてレフレンシアの指導力、先見性、政治・外交力、戦略眼、そういった資質は評価しているのだ。もしも今レフレンシアに団を去られたら、自分たちが見捨てられたように感じられ、とても不安になったことだろう。

団長代理は残ってくれた。

自分たちを見捨てはしなかった。

たとえ団長代理ではなくなっても、レフレンシア様さえいてくれれば、きっと大丈夫。

皆がそう思って喜んだのだ。

ガブリエラたちもそうだった。

誰《だれ》もが心配で心配で仕方がなかった。

誰もが不安で不安で堪《たま》らなかった。

対ルーアル・ソシエダイ、対シギルノジチの戦いを、レフレンシア抜きで戦い抜くことなど到底できはしない。ガブリエラだけでなく、団の誰もがそう思っていた。

だからこそ、レフレンシアが団長代理の地位を退《しりぞ》き元の副団長に戻っても、そのまま白兎《しろうさぎ》騎士団に残り、新たに選ばれた団長を支えると宣言したという話を聞いて、一同は心の底から安堵したのである。ガブリエラなど、その朗報を聞いたとき、安心のあまり腰が抜けそうになったほどだった。

2

遊撃小隊の十人は揃《そろ》って食堂の片隅に陣取り、昼食を摂《と》っているところだった。

食堂に集まった団員の間では、寄ると触ると、その話題ばかりだった。

レフレンシア様が残ってくださって本当によかった、と皆は口々に言った。そして、その次に出る言葉はというと、

「アナ様とクシューシカ様のどちらが団長に就《つ》くと思う？」

だった。

レフレンシアが残ってよかった、という点では誰もが意見の一致を見たけれど、こちらに関しては意見は真っ二つに割れた。アナを推《お》す声とクシューシカを推す声は、ほぼ拮抗《きっこう》しているように思えた。こうなると、どこからともなくあの声が湧きあがってくる。

あの声、即ち、

「どちらが団長になるか賭《か》けようか」

という声である。

直《す》ぐに、

「乗った！」

という声が応じて、団内のあちこちで新団長を予想する賭けが行われるのだった。

当然、遊撃小隊のところにも賭けの話は回ってきた。

ジアンが、卓上に載せた「奉加帳《ほうがちょう》」なる名の回覧板――あからさまに賭けと言っては具合が悪いのだろう――を見て小さく唸《うな》った。

「主催人……エァリァス様だって」

呆れた顔でジアンが奉加帳を手に取った。

「要するに賭けの胴元がエァリァス様ってことよね？」

とアフレアが言うと、ガブリエラが頷いた。

「エァリァス様なら、実家が大商人だそうですから納得ですけれど」

奉加帳をぱらぱらと捲《めく》ったジアンが腕組みをして小さく唸った。

「賭け率は、今のところ、ざっと六対四でクシューシカ様が優勢……か」

「ってことは、賭け金の配当はアナ様のほうがいいってことね」

とアフレアが問いかけると、ジアンの奉加帳の記載を確認する。

「今のところ配当金はクシューシカ様が一・五倍で、アナ様が二倍と少し……だって。それ以外の人は……凄い、一律千倍ってなってるよ！　誰に賭けても、十デュカードで、えぇと、配当が……一万だ！」

「百デュカードで十万、一千ならば百万ですわね。それって、最初から可能性はないと言ってるようなものではなくって」

ドゥイエンヌがそう言うと、セリノスが頷いた。

「まぁ、実際ないんだろうからね。高配当で釣っておいて、親の取り分を増やそうって魂胆《こんたん》じゃないのかな？」

「で、どうするの、ジアン？　あんた、どっちに賭ける気よ？」

隣のアフレアがそう問いかけると、ジアンは、うぅん、とまた一つ唸った。

「要するに選ぶのはレフレンシア様なんだから、どちらがよりレフレンシア様のお眼鏡に適《かな》っているか、だよね、考えるべきことは」

アフレアが口に運んだスープを噴いた。

「ぶふぅっっ」

ジアンは慌てて自分の食事が載ったお盆をアフレアが座っているのと反対側へと避難させた。

「あ、汚いな、もう」

「というか、なに噴いてるのよ、アフレアは？」

ノエルノードが不思議そうな顔で訊いた。

「いや、ジアンのことだから『アナ様の配当のほうがいいならアナ様にする』って言うものだとばかり思ってたら、意外と考えてるのにびっくりして」

「びっくりするなよ、このくらいでっ！」

「あら、そんなことないわよね、ジアン。物事の裏を読む洞察力にかけては、あなた、遊撃小隊でも有数だものね」

「いやぁ、そう言われると照れるなぁ」

「馬鹿ね。ノエルの皮肉よ、皮肉」

「えぇっ？　そうなの⁉　ノエル酷《ひど》っ」

「っていうか、どうしてあんたが、自分に洞察力があるとか思えるのか、そこがあたしには不思議でならないわ」

「アフレアも酷っ」

ジアンとアフレア、ノエルノードがぎゃぁぎゃぁと言い争っていると、脇からセリノスの手が伸びて奉加帳を自分の前まで引き寄せた。

「現状、六対四か。妥当なところなのかな。わたしは、もう少し競《せ》り合うかなと思っていたんだけど」

セリノスの前に座っているドゥイエンヌは、納得顔で頷いた。

「そうね、妥当な数字ではありませんの？　やはり団長ともなれば戦闘指揮官としての能力が問われますものね。やはり現役の番隊長の方《かた》のほうが」

「でも、ドゥイエンヌさん」

とセリノスの隣のガブリエラが口を挟む。

「レフレンシア様は番隊出身ではありません」

「それはそうですけれど。でも、以前は番隊にも所属してらしたはずですわ」

「いま現在、番隊長でなければならない……というわけではありませんものね。むしろ経験という点ではアナ様のほうが」

「あら。ということは、ガブリエラはアナ様に乗るわけね？」

「あ、いえ……そうとばかりも」

煮え切らない態度のガブリエラに、ドゥイエンヌが不審そうな顔を向ける。

「え？　どういうことですの？　クシューシカ様に乗らないのであればアナ様に乗るしかないですし、アナ様に乗らないのならクシューシカ様でしょう。どうせ二者択一なのですものね」

「そこ。そこなんです、ドゥイエンヌさん」

「は？　どこ？」

「アナ様とクシューシカ様のどちらかを選ぶとレフレンシア様は仰《おっしゃ》っていますか？」

「……え？」

ドゥイエンヌだけでなく、セリノスやデイレィ、ウェルネシアたちが、意表を衝《つ》かれた顔で食事の手を止めた。

「ど、どういうこと、ガブリエラ？」

「レフレンシア様は、そのお二人を、お二人だけを候補として挙げたわけではない……ということです」

「？？？」

ドゥイエンヌだけでなく、その場にいた九人が全員、頭の上に疑問符を浮かべて首を捻った。

「つまり？　あなたが言いたいのは？　クシューシカ様とアナ様以外にも？　候補がいるということ？　なのかしら？」

考え、考えしながらドゥイエンヌがそう訊くと、ガブリエラは、そのとおりです、と大きく頷いた。

「たしかに、レフレンシア様、会議の席でクシューシカ様とアナ様を名指ししたという話は聞かないけど……」

とセリノスが言うと、そうだよ、とジアンが続いた。

「名指しはしてないけどさ、二人以外に誰か候補がいるって言うのか、ガブリエラは⁉マクトゥシュ様はもうご自身が断っているから除外されるんだぞ？」

「お二人が有力な候補なのは確実だと思います。でも、レフレンシア様が『二人のうちのどちらかを選ぶ』と仰っていない以上、レフレンシア様の心の中で候補として挙がっている方が他《ほか》にいてもおかしくないと思います。だって」

ガブリエラはあくまで真面目《まじめ》な顔で他の九人の顔を見渡した。

「指名するのは、あのレフレンシア様ですよ。誰もがそう思うような当たり前の人選に落ち着くかどうか、怪しいと思いませんか？」

皆が、うっっ、と仰《の》け反《ぞ》った。

「言われてみれば……そうですわね」

ドゥイエンヌが不安そうな顔になる。

「あくまでひねくれていて他人の裏をかくことが好きで他人を騙《だま》すことが好きで他人

を驚かすことが好きで他人を翻弄《ほんろう》することが好きなレフレンシア様ですものね、まったく別の人を指名する可能性、たしかにないこともないですわね」

ジアンが感心した顔で言った。

「小隊長、相変わらず本人がいないと、とことん強気だね」

「ねえガブリエラ、もしかしてレフレンシア様って、あんたの生き別れのお姉さんだったりしない？」

「どういう意味ですかっ、アフレアっ⁉」

「ん、待って。そうすると」

「どうした、デイレィ？」

とセリノスが訊くと、デイレィは、ぱしぃっっ、と指を鳴らした。

「もしかして、高配当の大穴を狙う好機じゃない？」

「あ！」

セリノスが「奉加帳」をぱらぱらと捲る。

「賭けた団員と金額、それに賭けた相手の名前が書いてあるけど、たしかに今のところクシューシカ様とアナ様以外に賭けてる人はいないね」

「でしょ！」

そうか、とアフレアが手を打った。

「万が一、レフレンシア様がその二人以外を指名すれば、千倍だもんね！」

「そしてレフレンシア様の性格を考えれば、その可能性は皆無ではありません！」

「あら、ガブリエラ、随分と熱の籠《こも》った言い方じゃない」

「だってアフレア、この可能性、まだ誰も気づいていないんですよ。お二人以外に賭けている人がいないのがその証拠です。一攫千金《いっかくせんきん》とまではいいませんけど、お小遣い稼ぎの絶好機じゃないですか」

「まぁ、そうね。ドゥイエンヌにはこの程度の賭けの配当金なんか興味ないだろうけど、あたしたちには大きな意味があるわよね」

ジアンが身を乗りだしてきた。

「あるある。大ありだよ！」

「よぉし、みんなでお金を出し合って、思いつく限り、クシューシカ様とアナ様以外の候補者を挙げていこうよ」

セリノスまで乗り乗りになっている。

「あら、わたくしも乗りますわよ」

「え？　そうなの？」

アフレアやジアンが意外そうな顔になった。

「こんな面白い遊びに乗らない手はありませんものね。賭け金、少し多めに用意してもよくってよ」

「やった！」

「ねえねえ、じゃあ、誰を挙げる？」

とウェルネシアがみんなを見渡すと、即座にジアンから声が上がった。

「アルゴラ様！」

「いえ、さすがにそれは……」

ドゥイエンヌは首を捻ったが、ガブリエラは。

「ですから、この人はあり得ないだろう、という名前こそ、大穴としての意味があるのだと思うのですけど」

「あ、なるほど。そうですわね」

「そうよそうよ。妥当な人選だったらアナ様かクシューシカ様でいいんだもんね。それじゃ配当が低いから大穴狙おうって話じゃない？　意外そうな人、あり得なさそうな人をじゃんじゃん挙げていこうよ」

「アフレアの言うとおりだと思います。でも、あくまで団長に指名される人ですから、団長が務まらないような人では意味がありませんけれど」

「要するに、クシューシカ様とアナ様以外の幹部で……ってことよね」

「そうなりますよね」

「でしたら、レオノーラ様とか、どうでしょうか？」

「お、レオチェルリ、いいとこ衝くね」

「団長としては頼りなく見えるので、いかにもなさそうですけれど、それこそが狙い目
……ということですわね」

ジアンが手を挙げた。

「ヨーコ様！」

ウェルネシアが、うんうんと頷いた。

「異邦人だからなさそう……に見えて、でもあるかもね」

「何しろヨーコ様を白兎《しろうさぎ》騎士団に引っ張り込んだの、レフレンシア様だもんね」

「ああ、そういうお話でしたわね」

「他《ほか》には？」

みんな宙を睨むように必死で考えていたが。

「スレイマーニャ様は？」

とノエルノードが言うと、姉が応えた。

「番隊出身ではないけど、マクトゥシュ様の跡継ぎとまで言われているからね」

即座にジアンが、

「エァリァス様」

と名を出すと、全員が苦笑した。

「あまり考えたくはないですけれど、大穴としてなら挙げてもよいかもしれないわね」

「とりあえず、そのくらいかな？　ガブリエラは誰か他《ほか》に心当たりがある？」

「いえ。いくらなんでも、いま名前の出た人以外には考え難《にく》いと思いますけど」

「そうですわね。では、アルゴラ様、レオノーラ様、ヨーコ様、スレイマーニャ様と、あとエァリァス様を書き込んでおきましょう」

ドゥイエンヌがそう言うと、ジアンが少し心配そうな顔になった。

「締め切り、まだ先でしょ？　いま書いちゃうと、乗っかる人が出てこないかな？」

「そう……ですわねぇ」

ドゥイエンヌがガブリエラの顔を見た。

「クシューシカ様とアナ様に比べたら、あまりにも大穴過ぎますから、乗ってくる人はほとんどいないのではありませんか？　もしいたとしてもごく少数でしょうから、配当率が極端に下がることもないのではないかと」

「というか、一律千倍！　なのだから、何人乗ってきても平気なんじゃ？」

とデイレィが指摘すると、皆《た》は、ああそうか、と手を打った。

「では、わたくしたちは他の皆さん方の裏をかいて、敢《あ》えて大穴狙いで」

「「「「大穴狙いで！」」」」

全員が、お〰〰っ！　と手を挙げた。

「でも、これ、もしも万が一当たったら、エァリァス様、破産しないかな」

とジアンなどは首を捻るが、ドゥイエンヌはまったく意に介していないようだった。

「実家が大商人なのですから平気でしょう？　遠慮なくお小遣いをいただこうではありませんか」

「まぁ……そうだね」

こうして遊撃小隊は、ガブリエラの指摘により、アナとクシューシカ以外の者がレフレンシアによって指名されるという僅《わず》かな可能性に賭けることになった。

さすがにガブリエラといえる指摘だった。やはり目のつけどころが他人とは違う。

しかし、そのガブリエラですら、レフレンシアの意中の人が誰なのかまでは読み切れなかった。もし読んでいたなら、彼女は即座に退団手続きを取っていたかもしれない。

今回ばかりは、ガブリエラもレフレンシアの掌《てのひら》の上で踊るばかりだった。

3

少しだけ時間を戻そう。

幹部総会を終えて自分の執務室に戻ったレフレンシアは、直ぐにアスカを呼びつけた。

秘書官に話を聞かれるかもしれないことを恐れたレフレンシアは、カイエに使用許可を取らせ、自らは書類鞄を手にして、アスカを小さな講義室まで引っ張っていった。

白銀《しろがね》の軽装鎧《よろい》姿で講義室の椅子に腰を下ろしたアスカは、あまりやる気のなさそうな態度で訊いてきた。

「で、なんのご用ですか？」

「馬に乗れるよね？」

前振りもなく、唐突になんの話だ？　と思わないでもないアスカだが。

こいつはいつもこうだしな。

そう思って追及するのを止《や》める。

「ええ、まぁ、乗れますよ」

「じゃあ、ちょっとお遣いに出てくれないか」

「伝令の任務ですか？　でしたら、特務分隊辺りを使ったほうが」

「正式な団の任務ではないんだ。だから使えない」

「は？」

「これは、わたしの個人的な頼み事」

「また……ですか」

「そういうこと。ぶっちゃけて言うとだね、あるところにこっそり秘密の届け物をして欲しいんだよ」

「団長代理個人の？」

「そう。わたしの個人的な届け物。だから特務分隊は使えない。急いでいるから、速さだけでいうのならセリノスを使う手もあるけれど、ちょっと遊撃小隊も絡《から》めたくはないのでね。だから君にお願いしたいんだ。引き受けてくれないかな。お駄賃は弾むよ？」

お？　だったらやってもいいかな。

ちょっと嬉《うれ》しい気もするアスカだが、ここで喜んでは足元を見られる。敢えて冷静な表情を崩さずに行き先を訊いた。

「どこへ何を届けるのです？」

「行き先はベティウス。届け物は」

足下に置いてあった書類鞄に手を突っ込んだレフレンシアは、一通の書簡を取りだし、目の前の机の上に置いた。

「これだ」

「はぁ、まぁ、いいですけど。で、ベティウスのどこに届けるのです？」

「それはね」

レフレンシアは上体を乗りだし、顔をアスカの耳許《みみもと》へ寄せると、その名前を囁《ささや》いた。

「えっっ!?」

届け先を聞かされたアスカは、小さく仰け反った。

「そこに届けるのが……個人的な依頼なんですか？」

「そうなんだ。他《ほか》の連中には知られたくないのでね。新雛《ひよこ》小隊についてはわたしの遣いでベティウスへ向かったことにしておくから、できるだけ急いで届けてくれないか」

何やらきな臭い雰囲気が辺り一面に漂っている感じだが、厄介ごとに巻き込まれたくないので、アスカはそれ以上、何も訊かないことにする。

「新雛小隊の連中にも、届け先は秘密にしておいてくれ。知らせるのは、ベティウスに向かうということだけ。いいね？」

「はぁ、了解です」

「あと、こっそりこれを開封して中に何が入っているのかを確認しようとか思わないでくれよ？」

「いや、思いませんよ、そんなこと」

実は、ちらっと思ったので、アスカは少しどきっとした。

「封鍵《ほうけん》の術がかかっているからね。術を解かないまま勝手に開けようとすると、あまり嬉しくない目に遭《あ》うと思うよ」

「開けませんてば」

「それが賢明だと思う」

本当にヤな奴だな、もう。

「だけど、そんな術がかかっている文書を渡して、相手は平気なんですか？」

「解呪《かいじゅ》の方法を知っている魔術士が向こうにいるから大丈夫」

「あ、そうですか」

「ところで、新雛小隊、全員が馬に乗れたよね。速いかい？」

「あ〜〜、大丈夫ですよ。もし遅れるような奴が出たら置いてきますから」

「冷たい隊長さんだな」

アスカはジト目になってレフレンシアを見つめた。

「急げと仰ったのはあなただと思いますけど？」

ははは、とレフレンシアは笑って応えた。

「うん、そう。急いで欲しいんだ。もし他《た》の雛どもがついてこられないのなら、アスカだけで先行してくれ。全員でまとまって移動できた場合は、そうだな、途中で二人ほど、報告のために戻してくれないか。書簡を無事に相手に渡したら、残りの隊員は向こうで一日か二日、休んでくれていい。以上。何か質問はあるかな？」

いいえ、と首を横に振ったアスカは、

「任務、了解しました」

と応えて立ちあがった。

「ま、あいつらの乗馬の腕を試すいい機会だし、ちょっと飛ばしてみますよ」

「頼んだよ」

「では、行ってきます」

白兎《はくと》式の敬礼をすると、アスカは急ぎ足で講義室から退出していった。その後ろ姿を見送ったレフレンシアは、ふう、とため息を吐《つ》いた。

これで夕刻にはあちらに届くかな。返事が来るのは明日《あす》の昼過ぎくらいか？　そして団長指名が明後日《あさって》の午前中と。かなり際どい流れだが、このくらいは致し方ないな。

レフレンシアの企みは、いよいよ佳境に入りつつあった。

4

そして翌日の早朝。

シェーナとラッィーナが経過報告のために戻ってきた。

「自分たちはベティウスの手前で報告のために隊を離れましたが、隊長以下の四人は、夕刻にベティウスに入ったはずであります」

戻ってきたシェーナは、レフレンシアにそう報告した。

二人は夜になっても馬を駆けさせ、深夜に着いた街道沿いの駅家《えきや》で仮眠を取り、馬を交換して夜明けと共に再び走りだしたのだという。

ちなみに、クセルクス盆地とベティス大公国を結ぶ主要街道には伝令のための駅家《えきや》が幾つか整備されており、伝令はそこで馬の交換をしたり、仮眠を取ったりできるようになっている。

「ご苦労さん」

早駆けを労《ねぎら》って、アスカは二人に休息を指示し、部屋に帰した。

予定どおりだな。今日の昼前後には遣いがやってくる……か。いよいよ仕上げだ。

レフレンシアは執務室で、ただじっと使者の到着を待った。

レフレンシアの読みどおり、昼前にベティウスからの早馬が到着した。大公国からの正式な伝令だけでなく、マクシミリエヌス家からの使者も同道していた。

直《ただ》ちにマクトゥシュやアナ、クシューシカなどを連れて一の砦まで出向いたレフレンシアは、ベティス大公国の外務卿《がいむきょう》エフィソスからの書簡を受け取ると同時に、マクシミリエヌス家の使者と面会した。

エフィソス外務卿の書簡に書いてあることと、マクシミリエヌス家の使者の口上は、ほぼ同じ内容だった。

即ち、ベティス大公国宰相《さいしょう》であるダライアス・ディオン・マクシミリエヌスが急の病《やまい》で倒れたことを告げる内容だ。

マクシミリエヌス家の使者は、さらにつけ加えてこう言った。

「ドゥイエンヌお嬢様に、ダルタニュス様からの伝言がございます。『至急ベティウスに戻るように』。以上でございます」

ベティス大公国の宰相が倒れた！　ルーアル・ソシエダイ王国やシギルノジチ経国《きょうこく》を相手に抜き差しならない局面が訪れたこの時期に！

急を告げる使者たちの顔にも、レフレンシアと共に報告を聞いた白兎《はくと》の幹部の顔にも不安の色が濃く出ている。だが、レフレンシアは顔色一つ変えないで、まず大公国からの使者に応えた。

「早駆け、ご苦労様でした。書簡、たしかに受け取りました。口上、たしかにお聞きしました。宰相殿のご快癒《かいゆ》をお祈りいたします。こちらからは明日《あす》にでも見舞いの使節を送らせていただきます。エフィソス卿をお訪ねいたしますので、そうお伝えください」

見舞いの使節団は宰相を見舞うだけでなく、今後の対応策を外務卿と相談するという役目も帯びることになる。

それからレフレンシアはマクシミリエヌス家の使者に向き直る。

「ドゥイエンヌ嬢の件は直ぐに手続きいたしましょう。ここで待たれますか？　それとも報告のために戻られますか？」

使者は一礼して応えた。

「『連れて帰るように』という命令でございますので、ここで待たせていただこうかと思います」

「では、しばし、お待ちください」

エフィソス外務卿からの急使は役目を終えて戻っていったが、マクシミリエヌス家の使者はその場に留《とど》まった。

レフレンシアはマクトゥシュたちに応接を任せると、直ぐさま本城に取って返した。

衝撃的な報《しら》せを聞いたばかりだというのに、レフレンシアには焦りの色も不安の色も見えない。僅かな動揺も感じられない。まるで、このことがあるのを予想していたかのような落ち着きぶりだった。

5

「ドゥイエンヌ、まかり越しました。急用とはなんでございましょうか？」

レフレンシアの執務机の前で、ドゥイエンヌは直立不動の体勢で敬礼を送った。

「ああ、ご苦労様。楽にしていいよ」

「ありがとうございます」

「じつは先ほど、君の実家から早馬が来た」

「え？」

「君のお父上が倒れられたそうだ」

「な！」

ドゥイエンヌは一瞬、大きく息を吸い込むと、一気に吐きだした。

「なんですって⁉」

「直ぐにお家に戻りなさい」

「あ……はい、ありがとう……ございます」

さすがのドゥイエンヌもあまりに急で意外な報せに衝撃を受け、混乱を来《きた》している。

「使者は君と共に帰るようにと言いつかっているそうで、一の砦で君が下りてくるのを待っている。直ぐに支度《したく》しなさい」

「あ、あの」

ドゥイエンヌの顔色が随分と悪くなっているのがレフレンシアには判った。そこで、彼女を安心させることを言う。

「大丈夫。使者の話によると、倒れたといっても、今すぐにどうこうというほど具合は悪くないらしいから」

ほ〜〜〜っ、とドゥイエンヌが安堵の息を吐《は》いた。

「とはいえ、何しろ宰相閣下のことだからね、君の一族が本宗家《ほんそうけ》に集合するらしいから、君も帰らないとならないだろう」

「よろしいのでしょうか？」

「いいも悪いもないさ。戦時ならともかく、今はまだそこまで状況は悪化していない。帰ってあげられるときに帰ってあげるのが親孝行というものだよ。白兎《しろうさぎ》騎士団だって、そこまで非情な集団じゃない。べつに君を特別扱いしてるわけじゃないからね」

「ありがとうございます」

ドゥイエンヌは勢いよく頭を下げた。

「マルチミリエも君のことが心配だろうから、ここに残すのは可哀想だ。一緒に連れていってあげるといい。あちらの状況次第だけど、いつ戻ってこられるか判らないから、とりあえず二人は休団扱いにしておくよ。だから焦って戻ろうとしなくてもいいからね。お父上も、君が側についていてあげれば治りが早いんじゃないか？」

ドゥイエンヌは、もう一度、深々と低頭した。

「よし、行って。荷物が多くなるようなら、誰かに言って送らせよう。支度ができたら、もう一度、マルチと一緒にここに寄って」

「ご厚情、感謝いたします。では、これで失礼を」

ドゥイエンヌは、そそくさと執務室をあとにした。その背中を見送りながら、レフレンシアは僅かに良心の痛みを覚えたのだが。
すまないな、ドゥイエンヌ。君は白兎騎士団《しろうさぎ》にとって大きな戦力になってくれるはずだった。けれど……わたしは決めたんだ。わたしは選んだんだ。だから
レフレンシアは腕を組み、天を仰ぎ、瞑目《めいもく》した。
もはや白兎騎士団《しろうさぎ》は君のいる場所ではない。

6

慌ただしく団を離れる準備をするドゥイエンヌとマルチミリエの二人を、遊撃小隊の残りの八人が手伝っている。

とはいえ、ドゥイエンヌとしては直ぐに戻ってくるつもりだから、持っていく荷物は大して多くない。

「小隊長、気を落とさないでね」

とジアンがしんみりとした口調で言った。

「あなたにはそういう気遣いは似合わなくてよ、ジアン」

「酷いな」

「大丈夫ですわね。レフレンシア様も仰っていましたが、お父上の病状、今日、明日《あす》に

どうこうなるようなものではないようですし。きっと疲労が重なって体調を崩されたのでしょう」

「うん。だといいね」

「ドゥイエンヌ、道中、気をつけてよね」

「それもあなたらしくないわね、アフレア」

「そうね。じゃあ、言い直す。焦って戻ろうとして落馬とかしないでよ」

くふふ、と笑ってからドゥイエンヌは大きく頷いた。

「それでこそアフレアだわね。もちろんわたくし、馬から落ちるような間抜けではありませんわよ」

「小隊長がいないと寂しくなるな」

「本当ね」

「あら。それ本音かしら？　セリノス、ノエル」

「もちろん、本音だよ」

「もちろん、本音よ？」

「では、そういうことにしておくわ」

「詳しい病状が判ったら連絡して。わたしの実家のほうによく効く薬を調合させる」

「ありがとう、ウェルネシア。でも実家のほうにもいい医者がいるから大丈夫だわよ」

「うん、そうよね」

「わたしは何もできないから、せめて祈っておくよ」

「ありがとう、デイレィ」

「わっ、わたしも祈りますから、ドゥイエンヌ様」

「ありがとう、レオッチェ」

仲間の顔を一渡り見渡したドゥイエンヌは、最後にガブリエラに向き直った。

「では、ガブリエラ。わたくしの留守の間は任せましたわよ」

「はい、ドゥイエンヌさん……いえ、ドゥイエンヌ小隊長」

「わたくしのいないのをいいことにサボったり遊んだりしないよう、しっかり見張っていてくださいな。ジアンを」

ジアンが小さく仰け反った。

「小隊長、酷《ひど》っ」

「ああ、それからガブリエラ、もう一つ言っておくことが。わたくしのいないのをいいことに、他《ほか》のみんなを黒く染めあげないように」

ガブリエラが大きく仰け反った。

「ドゥイエンヌさん、酷っっ」

「マルチ、用意はいいかしら？」

「はい、ドゥイエンヌ様」

大きな背嚢《はいのう》を背負い、大きな荷袋を両手に提《さ》げたマルチミリエが、のっそりと立ちあがった。ドゥイエンヌもマルチミリエもまだ正式に休団したわけではないので、団から支給されている白い裳裾《もすそ》を着て兎耳《うさみみ》帽子を被っている。

「では、わたくしはレフレンシア様のところに顔を出してから、団を離れます。しばらく会えなくなりますが、直ぐに戻ってきますからご心配なく」

「お父上の快癒をお祈りしています」

とガブリエラが応えると、残りの七人も、ドゥイエンヌの父親の回復を願う言葉を口にした。

「ご帰還、お待ちしてますから」

「くれぐれもあとのことは任せたわよ、ガブリエラ」

はい、とガブリエラは頷くと、ジアンが進みでた。

「あ、小隊長、一の砦まで見送りに行くよ」

「ジアンは、直ぐそうやってサボろうとするのですから」

「いや、べつにサボるわけじゃなくて……」

「ありがとう、ジアン。でも、その必要はなくってよ。べつに永《なが》のお別れというのじゃないのですしね」

「そう？」

「そうですわよ。見送りなら、ここで充分ですわね」

皆に向かって笑いかけるドゥイエンヌを見て、ガブリエラは内心で驚いている。

あのドゥイエンヌさんがみんなに「ありがとう」ですって⁉ しかも「見送りは要《い》らない」ですって⁉ 以前だったら、言われる前に「見送りに来なさい」って要求していたと思うんですけど。

たった半年かそこらだが、集団生活の中で鍛えられ、仲間と共に過ごす中で連帯感が生まれ、ドゥイエンヌは変わったのだろう。ガブリエラ自身が変わったように。

そうね。人は誰でも変わるものだわ。とくにわたしたちのような若輩者《じゃくはいもの》は、いろいろな経験を積むことで短期間に大きく変わることもある。わたしたちは、いま、そういう時期を過ごしているに違いない。

それはとても充実した濃密な時間だとガブリエラは感じている。

ここにいるかけがえのない仲間たちと共に、この充実した時間をもっと過ごしたい。もっと味わいたい。ガブリエラはそう思った。

だから、ドゥイエンヌさんにも早く帰ってきて欲しい。

子供の頃はあれほど嫌いだったドゥイエンヌのことをかけがえのない仲間だと思っている自分に少し驚きながら、ガブリエラは二人の後ろ姿を見送った。

7

しばらく八人は居住区の中の寝台に腰掛けたまま、ぼんやりとしていた。

「は〜〜〜、なんか気が抜けちゃったなぁ」

とジアンが呟《つぶや》くと。

「まさか、ドゥイエンヌ小隊長のお父上がね」

とセリノスが遠い目で応え。

「お父上っていうか、宰相様じゃないの。この先、ベティスはどうなっちゃうのかな」

とノエルノードが不安そうに続けた。

「直ぐに命に関わるような状態ではないということですから、それを信じて待つより他《ほか》ないと思います」

「冷静だよね、ガブリエラは」

「いえ、ノエル、そういうわけでは。でも、わたしたちにできることは、それこそ祈ることだけですから、じたばたしても仕方がないと思うだけで」

「それが冷静だって言ってるの」

などとだらけたまま言い合っているところへカイエがやって来た。

「なんだ、まだここにいたのか。あちこち捜してしまったぞ」

「あ、カイエ様」

八人は慌てて寝台から立ちあがり、気をつけの姿勢を取った。

「レフレンシア様がお呼びだ。すぐに執務室まで来てくれ」

「了解しました」

八人はカイエのあとについて、レフレンシアの執務室に出頭した。

8

「失礼いたします」

ガブリエラを先頭に、八人がレフレンシアの執務室に足を踏み入れると、書類を繰《く》る手を止め、レフレンシアが顔を上げた。

「やあ、みんな、ご苦労さん。カイエ、アマネー、床几《しょうぎ》を出してやって」

「はい、ただいま」

レフレンシアの執務机の前に並べられた床几にガブリエラたちが腰を下ろすと、レフレンシアがにやりと笑って話しかけてきた。

「見送りには行かなかったんだね。ジアンのことだからサボる口実ができたとばかりに一の砦まで行く許可をもらいに来ると思っていたのだけど？」

「すべて読まれてるね」

「一から十までお見通しよね」

などと囁き合うセリノス、ノエルノード姉妹を睨《にら》みつけておいて、ジアンはひらひらと手を振った。

「いえ、ドゥイエンヌ小隊長に『来る必要はない』って断られちゃったので」

「そうかい」

「あのう」

「なんだい、ガブリエラ？」

「ドゥイエンヌさんのお父上、どのくらい悪いのです？　レフレンシア様は詳しい病状をお聞きになっていらっしゃいますか？」

「いや、それほど詳しくは聞いていないね。倒れたけれど、今すぐにどうこうなるような重症ではなさそうだってことだけだな。いずれにせよ、何か判ればドゥイエンヌから報告が回ってくるだろう。わたしたちとしては、それを待つだけさ」

「……はい」

「では、君たちを呼んだのは」

「あ。はい！」

ガブリエラたちは急いで姿勢を正す。

「ドゥイエンヌとマルチミリエは、いつ団に戻れるかが判らないから休団扱いにする。そのつもりでいて」

「了解しました」

「で、ここからが肝心の話なんだけど。小隊長がいなくなっちゃったから、ガブリエラ、君が小隊長代行だ」

「え？」

「判った？」

「あ、はい、了解しました」

ガブリエラはレフレンシアに白兎《はくと》式の敬礼を送った。

「ガブリエラ・リビエラ・スンナ、遊撃小隊の小隊長代行を拝命いたしました」

「頼んだよ」

「はい！」

「ということだから、みんなもよろしく」

「了解であります！」

「八人になっちゃったから副隊長のほうは代行を置かないけど、任務で必要になれば、その都度、誰か選んで」

「判りました。ところで」

「なんだい、ガブリエラ？」

「代理と代行って、何か違いがあるのでしょうか？」

「ん？　ああ、それか。べつにないな。どちらかというと代行のほうが臨時の措置……というところかな」

「そう……ですか」

「で、もう一つ、肝心の話。明後日《みょうごにち》辺りに、ベティスを訪問しようと思っている。名目としてはベティスの宰相閣下のお見舞いだけれど、他《た》の首脳と善後策を協議するという意味もあるのは言うまでもない。そして、もう一つ」

そこで言葉を切ったレフレンシアは、にやりと笑ってから言葉を継《つ》いだ。

「新団長のお披露目《ひろめ》も兼ねているわけだ」

「あ、なるほど」

「レフレンシア様っ、誰を指名するのか、もうお決めになりましたか？　決まってたら、ちょっとだけでいいので、何か手がかり。手がかりをこそっと教えてくださいっ」

「なんだい、ジアン。わたしが誰を指名するのかがそんなに気になるのかい？」

「それはもう気になって気になって夜も眠れないくらいです」

「代わりに昼間、寝るのよね」

とアフレアが突っ込んだ。

「寝ないよっ。昼も夜も寝ないんだよっっ」

「賭け金と配当金が気になるもんね？」

ぎくり、とジアンが身を強《こわ》ばらせる。

「ほほぅ？　つまり、次の団長当ての賭けが行われていると？　ジアンはそういう素敵なことをしているのだね？」

「あ。いえ。べつに自分がしてるというわけではなく。ただ団内のあちこちでそういう話が出ているものですから」

「ちなみに、一番人気は誰だい？」

「えぇと、クシューシカ様で……」

「なるほど。じゃあ、次はアナ辺りかな？」

「仰るとおりで……」

全員がレフレンシアの僅かな表情の動きを見逃すまいと、団長代理の顔に視線を集中させる。だが、レフレンシアはまったく表情を変えず、眉一つ動かさずに言った。

「腹案はあるけど、幹部会の前に君たちに漏らせるわけがないだろう!?」

「それも仰るとおりですよね〜〜」

ジアンが照れ笑いを浮かべて頭を掻《か》いた。

「ん？　話が逸れたな」

ジアンが肩をすぼめ身を小さくして、すみません、と謝った。

「さて、肝心の話に戻るよ」

八人はもう一度、姿勢を正した。

「戻ったばかりで悪いんだけどね、君たち遊撃小隊にはそのベティス訪問団に参加してもらうから、そのつもりでいてくれ」

「了解しました」

「もちろん、わたしも行くけど、次の訪問団の主役は新団長だな」

「こんな大変な時期に新団長になられる方、大変ですね」

とガブリエラが言うと、レフレンシアが奇妙な視線を向けてきた。

え？　あれ？　わたし、何かおかしいこと言いました？　何か不味《まず》いこと言いました？

ガブリエラは冷や汗を流しながら、内心で首を捻る。

「そうだな。大変だな、新団長は。ガブリエラの言うとおりだ。同情しちゃうよ。とはいえわたしも、大変な新団長を支える役目を負うから大変なんだけどな」

ぞわり、とガブリエラの肌が粟立《あわだ》った。

あれれ？　なんでしょう、この悪寒《おかん》は？

ガブリエラは言いしれぬ不安に陥った。

「明日《あす》の幹部総会は少し揉《も》めるかもしれないが、昼過ぎには終わるだろう。終わり次第、直ちに訪問使節団を組織して夕刻には出発したいから、君たちは先に準備を進めておいてくれ。準備、つまり馬や馬車や水や飼い葉や携行食の手配だ。マクトゥシュには見舞いの品を頼んでおくから、そちらの手配は心配しなくてもいい。判った？」

「了解であります」

「では、準備に取りかかって」

「はい！」

遊撃小隊の八人が退出すると、レフレンシアは堪《たま》らず思いだし笑いを漏らした。

「明日の幹部総会が『少し揉める』って？　ははは、冗談じゃないね。少しどころじゃない。大揉めに揉めるだろうさ」

そして、選ばれるのは君だ、ガブリエラ。よりによってこの大変な時期に、な。同情してしまうよ、本当に。

9

レフレンシアの予想のとおり、翌日の幹部総会は大揉めに揉めた。大混乱に陥った。大騒動になりかけた。

しかし、結果として、レフレンシアの思惑は通った。狙いは実現した。

決め手はなんといっても、レフレンシアの次の一言だった。

「わたしの指名が否認されるということは、わたしに対する不信任であるに等しいわけだから、やはりわたしは白兎《ろうさぎ》騎士団には留まれないな。とりあえずマクトゥシュを団長代理代行に指名しておくから、あとはよろしくやってくれないか」

それで、断固反対の急先鋒《きゅうせんぽう》、マクトゥシュが沈黙した。いや、マクトゥシュだけではない。今やガブリエラとレフレンシアが一蓮托生《いちれんたくしょう》であり一衣帯水《いちいたいすい》であり一心同体であることを誰もが思い知らされ、言葉を失った。

レフレンシアとガブリエラを共に選ぶのか、レフレンシアとガブリエラを共に選ばないのか。その二者択一しかないことを悟らされた。

なんというか、魔女の手際というか、悪魔の手腕というか。

一昨日の幹部総会を思いだしたクシューシカは呆れ果てると同時に、レフレンシアの手際のよさに、読みの鋭さに、用意周到さに、驚嘆し、驚愕《きょうがく》し、同時に畏敬の念すら覚えてしまった。

あのときレフレンシアはなんと言ったか。誰を指名してもと、そう言ったではないか。どちらを指名してもではなく、誰を指名しても、と。

だからこうして二人以外の者を指名したとしても、レフレンシアは嘘を吐《つ》いたのでもないし、騙《だま》したのでもないことになる。アナかクシューシカのどちらかが指名されるというのは幹部たちの勝手な思い込みに過ぎなかったのだ。そうしてレフレンシアは嘘も吐かず誤魔化しもせず、幹部たちに「自分の指名を拒否することは自分に対する不信任だ」と認めさせてしまった。だからこの場で、レフレンシアの指名に真正面から異議を唱えることは、レフレンシアに団を辞めろと言うに等しい状況になってしまっている。

すべてはこのための布石《ふせき》。すべてはこのための伏線。状況を敢えて複雑怪奇にしておいて、自分の真の狙いから目を逸らさせる。

レフレンシア様はいったいどの段階でこの着想を得たのだ。いったいどの段階でこの構想を練ったのだ。いったいどの段階でこの局面を読んだのだ。

おそらく何手も先まで、いや数十手も先まで読み切った挙げ句の着手だ。

見事に詰まされたな。

クシューシカは観念した。

今までだって尊敬していたが、どうやらレフレンシア様、わたしが思っていた以上のお方だ。そう思ったクシューシカは、そんなレフレンシアが選んだのならば、お任せしてもいいのではないだろうかと考えてしまった。

会議の場を沈黙が支配する中、真っ先にレフレンシアの意向——即ち、一回生のガブリエラ・リビエラ・スンナを次期団長に推《お》す——を認める発言をしたのは、したがってクシューシカだった。

立ちあがったクシューシカが、堂々たる態度で「認めてもいいのではないだろうか」と言った衝撃は絶大だった。何しろ次期団長候補の筆頭だと思われていた当の本人の発言なのだから。

クシューシカの発言に直ぐに反応したのがアナだった。彼女もまた、

「レフレンシア様の指名なのですから」

と言ってレフレンシアの提案を受け容れる姿勢をみせた。

団長候補の一番手と二番手に目《もく》されていた二人にそう言われてしまうと、声高《こわだか》に反対し難《にく》い雰囲気になる。

レフレンシアは内心でクシューシカの配慮に頭を下げていた。

三番手はアルゴラだった。

彼女の賛成の理由は、ただ一言、

「面白そうだから」

だったのが、彼女らしいといえば彼女らしい。

団の重鎮《じゅうちん》、マクトゥシュは別として、大幹部と目される三人が認める方向で発言してしまったとなると、ことさら異を唱え難くなる。会議の場は、仕方がない、とか、こうなったら毒を喰らわば皿まで、という雰囲気に変わってきた。

相変わらず積極的に賛成する者はいなかったが、「認めてもいいのでは」という消極的な賛成者が増えていき、直属の部下エァリァスまでもが「反対はしません」と言うに至り、とうとうマクトゥシュも折れた。

「でも、一つだけ条件を言わせてもらっていいかしら」

「何だろう、マクトゥシュ？」

「ガブリエラを一発だけ殴らせて」

さすがのレフレンシアも口あんぐりだ。

「それって……完全に私情だよね、マクトゥシュ」

「ええ、もちろん私情だわ。でも、団長になってしまったら殴れないのですから、今のうちに殴るしかないもの」

レフレンシアが苦笑していると。

「わたしもマクトゥシュ様に乗ります」

とスレイマーニャが手を挙げた。

「一発殴らせてもらえたら、ガブリエラが団長になること、認めます」

「君たちは……」

「わたしとマーニャの一発で団長になれるのなら、お安いものでしょう？　ガブリエラにとってもレフレンシア様にとっても」

「判った。認めよう。なぁに、ガブリエラが何か文句を言うだろうけど、かまわない。思いきり憂《う》さを晴らしてくれ。その代わり彼女が団長になった暁《あかつき》には、誠心誠意で仕えてくれよ？」

「「判っています」」

まだ発言していない者、旗幟《きし》を鮮明にしていない者も何人かいたが、マクトゥシュとスレイマーニャが頷いて大勢は決した。

「では、新団長の件、決まったと思っていいかな？」

レフレンシアの問いかけに、反対意見を述べる者は誰もいなかった。

「それでは、次期団長はガブリエラ・リビエラ・スンナとする。わたしも力の限り彼女を支え助けるから、みんなも彼女を支え助けてやって欲しい。それが白兎騎士団《しろうさぎ》のためだとわたしは信じている」

力強くだったり曖昧《あいまい》だったりと各人各様ではあったが、全員が頷いて賛意を示した。

「あの、レフレンシア様」

「どうかしたか、クシューシカ？」

「認めると言っておいてなんですが、いきなり団長でよろしいんでしょうか？　レフレンシア様が団長代理を退《しりぞ》くのですから、まずは団長代理に就くとか。つまり、一つ間《ま》を取るといいますか緩衝材《かんしょうざい》を置くといいますか」

「一回生がいきなり昇るんだから、団長でも代理でも大して変わらないような気もするけど……そのほうがいいかもしれないね」

小首を傾《かし》げたレフレンシアは、皆が注目する中、またしてもとんでもないことを言いだした。

「じゃ、見習い」

「…………は？」

「だから、団長見習いってことにしよう」

全員が口あんぐりだ。

「本当は偉いんだけど、なんかそうは思えないところがいいよな、見習い」

レフレンシアはくすくすと笑っている。

「ガブリエラにはお似合いの称号だ。万が一、見習い期間中にヘマをしたら元の一回生に戻せばいいんだし。団長を降格させるのは大変だけど、見習いなら問題ないものな」

皆が呆気《あっけ》に取られている中で、最初に我を取り戻したのはマクトゥシュだった。

「いいですわ、それ。できうれば、早いうちに大ポカをしでかしてくれるとありがたいのですけど」

直ぐにスレイマーニャが追随し、アルゴラも、

「そのほうが面白そうだ」

と言って賛同した。

結局これにも反対者は出ず、ガブリエラは「団長見習い」という珍奇な地位と称号を授かることになった。

鋼鉄《はがね》の白兎《しろうさぎ》騎士団の長い歴史の中で「見習い」がついた団長は、後にも先にもガブリエラだけだった。

第5章

新団長誕生

1

幹部総会の結果を持ち帰ったレフレンシアは、早速ガブリエラを呼びつけた。

レフレンシアの執務室にやって来たガブリエラは、団長代理——とりあえず、まだ団長代理だ——の前に立ち、姿勢を正した。

「ガブリエラ・リビエラ・スンナ、参上いたしました」

「うん、おめでとう」

「……は？　あの……何がでしょう？」

ガブリエラの顔に警戒心が浮かんだのを見て取ったレフレンシアは、いかにも愉快そうに顔を綻《ほころ》ばせてから言葉を続けた。

「団長就任おめでとう！　と言っているのだよ。ああ、いや、しばらくは『見習い』がつくけどね」

「……………………は？」

「おや？　聞こえなかったかい？　では、もう一度言おう。何度でも言おう。繰り返し言おう。ガブリエラ・リビエラ・スンナ、鋼鉄《はがね》の白兎《しろうさぎ》騎士団の団長就任、おめでとう」

「……………………………………………………は？」

「いや、じつに大したものだ。まさか一回生で団長位に就《つ》く者が現れようとは。鋼鉄《はがね》の白兎《しろうさぎ》騎士団の長い歴史を振り返っても、本邦初《ほんぽうはつ》にして空前絶後かつ前代未聞《ぜんだいみもん》そして唯一無二の事例だろうね」

「……ですから……なんのことでしょうかと…………」

「だから、君が新しい団長に推《お》されたということだよ。幹部総会の承認を得ているからこれは正式決定だ。君には経験が足りないとか、君は団長にしては若すぎるとか、君は団長にしては黒すぎるとか、いろいろと言う輩《やから》もいるけれど、そこはそれ、わたしが副団長！　としてガブリエラ新団長を支えていくから心配しなくてもいいんだ」

どうやらレフレンシアの言っていることが洒落《しゃれ》でも冗談でも嘘《うそ》でもはったりでもないことがガブリエラにも判ってきた。理解できた。

そのときガブリエラが漠然と思ったのは、そうか、新団長当ての賭《か》けで当たった人、一人もいなかったな、エァリアス様の一人勝ちだな、ということだった。

返事をする気力もなく、唖然《あぜん》、呆然《ぼうぜん》と立ち尽くすガブリエラを置き去りにして、レフレンシアの独演はなおも続く。

「入団以来、君が発揮してきた独創、奇想、奇抜、果断、勇気、読解力、思考力、危機管理能力、冷静にして沈着、怜悧《れいり》にして冷徹、優しい顔には裏がある、綺麗な薔薇《ばら》には刺《とげ》がある、白服の裏地は真っ黒だと、そういうものすべてひっくるめて、わたしは君が次代の団長に相応《ふさわ》しいと思ったので、君を推挙した」

誉めているのか貶《けな》しているのか、よく判らない評価だった。

「幹部のみんなも認めてくれたよ。内心でどう思っていたかは知らないけれど、正式に、公式に認めたのだから問題ない。あとはガブリエラ、君が『うん』と言えば、君は栄《は》えある鋼鉄《はがね》の白兎《しろうさぎ》騎士団の栄えある団長となる」

レフレンシアは真っ直ぐにガブリエラの瞳を見つめ、そして訊いた。

「うんと言ってくれるね？」

「いいいいいい、いえいえいえいえいえ！」

思いきり腰を引いたガブリエラが、両の掌《てのひら》を思いきり顔の前で振った。

「レっレフレンシア様が洒落や冗談を仰《おつしや》っているのではないという前提でお返事いたしますが、そんなこと、受けられるはずがありません！」

「どうして？」

「いえ、どうしてって……だって、わたし、一回生ですよ!?　わたしなどより、もっとずっと相応しい方が大勢いらっしゃるではありませんか！」

レフレンシアは、あっさりと頷いた。

「いるね」

「で……でしたら」

「ただし、それは平時において、という条件付きだ」

　ガブリエラは二の句を失った。

「この先に待ち受けるのは戦時だ。我々はルーアル・ソシエダイとシギルノジチの両国と戦わなくてはならなくなる。そのような非常時には、団長も非情で、なおかつ非常識な人間であるべきだと、そう思わないかい？」

「…………酷《ひど》」

　頭を引いたガブリエラはジト目になってレフレンシアを非難がましく見つめていたが、やがて気を取り直して頭を戻し、逆に上体を乗りだしてきた。

「だとすれば、ですね、レフレンシア様こそが団長に相応しいではありませんか」

「ほほう？　わたしを非常識で非情な人間だと、君はそう言うのだね？」

「あ、いえ、そういう……ことではありません……けど……」

　じつはそういうことだったりするので、返答に困るガブリエラだ。

「まぁ、それも認めるけどね。でも、わたしでは駄目だ。どうしてか判るかい？」

「……いえ」

　さすがのガブリエラも判らない。非常時であればあるほど、レフレンシアほど団を率いるに相応しい人物はいないと思う。

「次の団長がわたしでは、当たり前の着手すぎる。それでは相手の読みを外せないさ。

相手の読みどおりに指していたのでは局面が収まってしまう。相手の読み筋に嵌《はま》ってしまう。こういうときは、少しくらい危険でも、相手の読み筋を外す一手が必要なんだ。局面を混乱に陥れるような相手の意表を衝《つ》く一手がね。それが『ガブリエラ新団長』なんだよ」

「で……ですが……だからといって……いくらなんでも……」

反論を試みるガブリエラの声は弱々しい。というより、すでに反論の言葉が続かない。外堀も内堀も埋められてしまっているのを実感するガブリエラだった。

「どうだろう、ガブリエラ。わたしを、そして鋼鉄《はがね》の白兎《しろうさぎ》騎士団を助けると思って引き受けてくれないだろうか」

「あの……本気なのですか、レフレンシア様？」

もちろん、レフレンシアが本気なのは間違いない。それでもガブリエラは訊き返さずにはいられなかった。

「本気だ。だからこそ、わたしは退団を思い留《とど》まったんだ」

「……あ！」

「君を補佐し、助け、支え、導く。それが副団長であるレフレンシア・レブローニュ・スキピアノスの、これからの役割さ」

そうまで言われてしまっては断れない。少なくとも、断ったら団にいられない。ガブリエラは、団長となって団に残るか、断って団を辞めるかの二者択一を強いられることになった。

いつの間《ま》に、いったい何がどうしてこうなったのやら。といいますか、これって……どう考えてもレフレンシア様に踊らされてますよね。わたしだけではなく、他《た》の幹部の皆さん方まで一緒に。

東方には「思う存分暴れ回っているつもりでも実は他人に操られていただけ」という内容を意味する「シャカの掌で踊るソンゴクウ」なる説話があるらしいが、まさに自分は今、レフレンシアの掌で踊らされているに過ぎないことをガブリエラは実感した。

もう、ため息しか出ませんね。

団を辞めるという選択肢は選べない。選びたくない。せっかく入った鋼鉄《はがね》の白兎騎士《しろうさ》団《ぎ》を一年足らずで辞めるのでは、入るために頑張った努力がすべて無に帰《き》してしまう。かつて副団長まで務めた母親（のお墓）にも顔向けができない。

となると、引き受けるしかない。状況的には二者択一のように見えて、その実、一者択一でしかないのだ。

「あの……ですが、レフレンシア様、わたしが団長になるなどという無茶な方法より、きっともっと他《ほか》にいい方法が……」

「ない！」

「あらゆる指し手を読み、あらゆる応手を読み、あらゆる局面を想定し、出した結論がこれなんだ。これ以上の手はない。わたしはそう判断した」

「あぅう」

ガブリエラはがっくりと肩を落とし、床に視線を向けたまま動かなくなった。

完全に嵌められました。見事に騙《だま》されました。面白いように踊らされました。笑ってしまうほどに乗せられました。本当に恐ろしい方です、レフレンシア様は。

レフレンシアの凄味を、切れ味を、嫌というほど思い知らされたガブリエラの心に、この人が側にいてくれて自分を支えてくれるのならなんとかなるかもしれない……という感情が芽生えたのは無理もないことだった。

ゆっくりと顔を上げ、そしてガブリエラは最後の問いを放った。

「わたしが団長になったら、レフレンシア様が補佐してくださるのですね？」

「そうだよ。もっとも、当面、君は団長見習いだけどね。見習いであろうとなんであろうと、君が鋼鉄《はがね》の白兎騎士《しろうさぎ》団の長《おさ》であることに変わりはない」

あ。だったら、見習い期間中にヘマをすれば……。

というガブリエラの希望を打ち砕く一言を、すかさずレフレンシアが放った。

「言っておくけど、見習い期間中に君が何か大きなヘマをして団長位を追われるようなことがあれば、わたしも同罪だからね。君も団にいられないだろうけど、わたしも団を辞める羽目になる。そこのところはしっかりと認識しておいて欲しい」

ぐはぁ。

ガブリエラはそっと右手で心臓を押さえた。

他《ほか》に反論の種は……。

ガブリエラは最後の反論を試みる。

「けれど……でも……ベティス大公国が認めてくれるとは思えないのですけれど」

「認めさせる。なんとしても」

レフレンシアの表情には固い決意が、断固たる決意が、揺るがない決意がはっきりと浮かんでいる。

もう言うことはなかった。もう訊くことはなかった。もう逃げ道はなかった。他《ほか》に選ぶべき道はなかった。ガブリエラは団長に――当面は見習いだが――就くしかなかった。

ガブリエラは肩を落としたまま、暗い表情で返事をした。

「でしたら……あの……引き受けさせて……いただきます」

団長就任を引き受けたにしては消え入りそうな声だった。絶望に支配された顔だった。重荷に押し潰されそうな態度だった。

ここまで絶望的な表情で団長就任を応諾《おうだく》した者は、おそらくガブリエラが最初にして最後だろう。

レフレンシアが嬉《うれ》しそうに、ぱん、と手を叩いた。

「そうか。ありがとう、ガブリエラ」

ガブリエラは、もうどうにでもなれと開き直るしかなかった。

「では、君の同期の仲間たちに朗報を伝えてあげよう」

2

レフレンシアの執務机の前に整列した遊撃小隊だったが、聞かされた話の衝撃の大きさに、ある者は口をぽかんと開け、ある者は虚《うつ》ろな目で宙を見上げ、ある者は両手で顔を覆い、ある者は両手で頭を抱え込み、ある者は後ろにひっくり返った。

その場に立ち会ったカイエの述懐《じゅっかい》によれば、七人が衝撃から立ち直るのに、四半刻近くも要したらしい。その間、ガブリエラは七人の横に立ち、虚ろな笑みを浮かべるだけだったという。

「さて」

ようやくのことで衝撃から立ち直り、改めて自分の前に整列した七人に対して、レフレンシアが呼びかけた。

「そろそろ本題に入ろうと思うのだけれど、いいかな?」

誰も返事をしないので、仕方なくセリノスが代表して応えた。

「はい、よろしいであります」

「先ほど言ったように、ガブリエラは今後、鋼鉄《はがね》の白兎《しろうさぎ》騎士団の団長見習いとなるから、当然のことながら遊撃小隊から抜けることとなる」

あ、そりゃそうか。

今さらながらの事実に、ジアンの胸がちくりと痛んだ。

大出世——という言葉では追いつかないようなとんでもない出世だが——を果たした同期生が出るのは嬉しくも誇らしいことだけれど、ガブリエラが自分たちの小隊から抜けてしまうのは、ちょっと寂しいなぁとジアンは思うのだ。

思えば、入団試験で最初に自分に声をかけてくれたのがガブリエラだったよな。

あのときのことをジアンは懐かしく思いだす。まだ一年と経っていないのに遥《はる》か昔のようにも思えるし、逆につい昨日《きのう》のようにも思える。

そして今日まで、ジアンは同期の仲間たちと共に様々な経験を積んできた。一回生が経験するようなこととは思えない重大な事件に巻き込まれたりもしたが、見事に乗り切った。

あれもそれもこれも、ガブリエラのおかげだよなぁ。ってことは、ガブリエラが団長になれば、白兎《しろうさぎ》騎士団を襲う危難や危機も乗り切っていけるのじゃないかな？

そう思うと、彼女を団長に据えたレフレンシアの気持ちが判らないでもない。

いやでも、レフレンシア様のことだから、もっと先のことまで考えてらっしゃるんだろうけど。

などとジアンが珍しく物思いに耽《ふけ》ってるのを見逃すようなレフレンシアではなかった。

「どうした、ジアン。何か考え込んでいるようだけど」

「あ……はぁ、ちょっと」

「君には似合わないよ？」

がくっっ、とジアンがずっこけた。

必死で体勢を立て直したジアンが、

「自分に似合うのって、どんなですかっ!?」

と突っ込むと。

「そうだな。肉弾戦とか肉弾戦とか肉弾戦とかが君には似合っているね。あと、ご飯を食べまくっている君も超恰好いい」

「……そうデスか」

突っ込めば、倍返しで突っ込み返されるのがオチだ。ジアンは諦め顔で首を振った。

「ん？　話が逸れたな。元に戻すけれど」

逸れたのではなくて、あなたが逸らしたのでは？　とセリノスは思うのだが、恐くて突っ込めないから、黙って頷くだけだ。

「遊撃小隊は新団長の直属にしてもいいのだけど、それは少しばかり不安が残る。ガブリエラ新団長と君たち七人がその気になったら、白兎騎士団《しろうさぎ》をひっくり返すことだってできそうだからね」

いいえいいえ、さすがにそれは無理です、レフレンシア様。

内心で突っ込むガブリエラである。

「ひっくり返さないまでも、かき回される虞《おそれ》はある」

ああ……それはあるかも
内心で同意してしまうガブリエラである。

何しろ遊撃小隊員は全員が一騎当千の兵《つわもの》なのだ。その上、半年と少しの間に様々な経験を積んで大きく成長しているのだ。レフレンシア様の懸念も無理はないと、ガブリエラはそう思う。

「なので、君たち七人は、とりあえずわたしの直属のままにしておく。とはいえ隊長、副隊長が抜けてしまったわけだから、新たな隊長を選ばないといけないね。ドゥイエンヌはいつ戻ってくるか判らないし」

レフレンシアは七人の顔を見渡し、セリノスのところで視線を留めた。

「ということで、セリノス、とりあえず遊撃小隊の小隊長を任せる。いいかな？」

仲間の視線がセリノスに集まった。誰もが、この選択は妥当だと納得していた。

「謹《つつし》んで受けさせていただきます」

「そのうち大規模な組織替えがあると思うから、それまでの暫定《ざんてい》措置だと思ってくれればいい。君たち遊撃小隊の者には、わたしと共にガブリエラを支えていって欲しいと思っている。わたしと共に白兎《しろうさぎ》騎士団を盛り立てていって欲しいと願っている」

レフレンシアはにっこりと笑った。彼女にしては珍しく、邪気も皮肉も感じさせない純粋な笑顔だった。

「はい、了解いたしました！」

「ガブリエラもだよ。団長かっこ見習いかっこ閉じるとして団を守って欲しい」

びくりと体を震わせたガブリエラは、しゃちほこばって応えた。

「あ……はい、不肖非才《ふしょうひさい》ではありますが、力の続く限り頑張らせていただきます」

「おいおいガブリエラ、君はもう団長かっこ見習いかっこ閉じるなのだから、わたしに対しても、もっと大きな態度を取ってくれていいんだよ。名前を呼ぶときも、レフレンシア、と呼び捨てにしてくれないと他《た》の団員に示しがつかないだろう？」

「いえ……それは……障害が高すぎます。障害物が大きすぎます」

「ほら、試しに呼んでみて」

「ですから……」

「レフレンシア。はい！」

「レ……レフレンシア……さま」

「だから、様なんかつけちゃ駄目だって言ってるのに。はい、もう一回」

「レ…フレンシア……様」

「聞こえたよ」

「でも」

「どうしてもつけたいなら心の中だけに留めておいて。はい、もう一度」

「レフレン……シア」

「駄目駄目。君のほうが偉いんだから、もっとこう見下した感じで。はい、もう一度」

〈レフレンシア様、遊んでるよね〉

〈目一杯、遊んでいるわね〉

〈遊んでいるというより、弄《もてあそ》んでいるって感じだね〉

〈いつもと変わらないわよね〉

ジアンとアフレア、セリノスにノエルノードが、ひそひそと囁《ささや》くように言葉を交わす。

デイレィとウェルネシアも観念した顔で、うんうんと頷く。レオチェルリだけが、あまりの事態の急変に思考が追いついていかないのか、まだ呆然としている。

とはいっても、ガブリエラの奴、団長様になるんだからな。今までみたいに馴《な》れ馴れしくはできないよな。

そう思うとやはり寂しく感じるジアンだが。

けれど、でも、人は変わっていくもんだし。人が変われば組織だって変わるもんだし。

自分は自分に与えられた位置で、自分にできることを精一杯やっていくしかないよな。

そして、その思いはジアンだけでなく、全員に共通するものだった。

3

こうして鋼鉄《はがね》の白兎《しろうさぎ》騎士団は一回生を団長に迎えることになった。この破天荒《はてんこう》で破壊的な決定はアグァローネ地方を震撼《しんかん》させ、しばらくは敵も味方も大混乱に陥れたのだが、それはまた別の話になるので、ここでは省くことにする。

それはさておき。

ベティウスへの遣いから戻った新雛《ひよこ》小隊の残り四人が、その無茶苦茶な決定を聞いた瞬間、揃《そろ》ってひっくり返ったのは当然といえば当然のことだった。

エピローグ

1

ガブリエラが新団長と決まった日。

昼過ぎに正式な発表があり、それを聞いた団員のある者は腰を抜かし、ある者は倒れ、ある者は奇声を上げ、ある者は憤慨《ふんがい》し、ある者は踊りだした。

夜になっても、団内はまだ上を下への大混乱、てんやわんやの大騒動が続いていたのだが、そんな混乱や騒ぎの及ばない静かな自分の執務室で、レフレンシアはガブリエラと向き合っていた。

ガブリエラは好奇の目と質問と罵声《ばせい》と賞賛の集中攻撃に耐えきれず、本城《ほんじょう》のあちこちを逃げ回っていたのだが、とうとう隠れる場所もなくなり、

「匿《かくま》ってください」

と言ってレフレンシアのところへ逃げ込んできたのだった。

「それに訊きたいこともありますし」

執務室に招き入れられたガブリエラは、そんなことを言った。

抗議やら質問やらのために押し寄せてくる団員をカイエとアマネーに追い払わせていたレフレンシアは、自らお茶を淹《い》れ、運んできてくれた。

「申し訳ありません」

立ちあがって低頭するガブリエラを、レフレンシアは押し留《とど》めた。

「だからさ。君はもう団長で、わたしは副団長。君のほうが偉いんだから、お礼を言う筋合いじゃないだろ。もっと堂々と座っていればいいんだ」

「いえ……無理ですよ、そんなこと」

「まぁ、最初は戸惑うだろうけど、そのうち慣れてくるよ。でもって、わたしのことをレフレンシアの愚図《ぐず》！　のろま！　役立たず！　死んでしまえ！　とか言って罵《のの》るようになるよ」

ぶるぶるぶるぶるぶる。

ガブリエラは全身全霊で以《もっ》て首を左右に振った。激しく振った。

「絶対になりませんから！」

「そうかい？　わたしはガブリエラに罵られてみたいけどなぁ。君に、呆《ほ》け！　カス！　呼ばわりされるところを想像するだけで、陶然《とうぜん》としてしまいそうだよ」

虐《いじ》めだわ。これはレフレンシア様による新手《あらて》の虐めだわ。

そう思わずにはいられないガブリエラだった。

お茶の入った器を卓上に置いて、レフレンシアも床几《しょうぎ》に座った。

「さて、真面目《まじめ》な話。訊きたいこととは何かな、ガブリエラ？　もう大抵のことは説明が済んでいると思うけど」

ガブリエラは出されたお茶を口に運んで、一口啜《すす》って口の中を湿らせておいてから、茶器を卓上に戻した。

ガブリエラはそのまま両手で茶器をくるくると回していたが、やがて手を止め、意を決した表情でレフレンシアに正対した。

「わたしがお訊きしたいのは、ですね」

ガブリエラは、上目遣いにレフレンシアの顔を覗き込む。

「ドゥイエンヌさんがこの時期に測《はか》ったように、あるいは図《はか》ったように、もしくは謀《はか》ったように団を離れたのはどうしてなのでしょうか？　ということなのです」

「偶然だろ？」

ガブリエラは言葉に力を込め、一語一語、区切るように言った
「レフレンシア様は、これを、偶然だと、仰《おつしや》るの、ですね？」

くくっ、とレフレンシアが嗚咽《おえつ》を漏らすような笑い声を上げた。

ガブリエラに向けたレフレンシアの顔には見る者の心胆を寒からしめる凄絶な笑みが浮かんでいるが、逆にガブリエラは、これこそがレフレンシア様だと却《かえ》って安心してしまった。

同時に確信する。偶然などではあり得ないことを。

「ガブリエラ」

「あ。はい？」

レフレンシアはガブリエラから視線を逸らせ、宙を見上げた。

「わたしはね、君を選んだんだ。君を選んでしまったんだ」

「…………」

「君を団長に就《つ》けるには幾つかの障害があった。マクトゥシュの反対とかマクトゥシュの反対とかマクトゥシュの反対とかもそのうちの一つなんだけど」

ガブリエラが、げっそりとした顔で肩を落とした。

「ごめんなさいと言うしかありません」

「ははは。いや、気にしなくてもいいよ。彼女は君のことを嫌っているわけじゃない。君のことは充分に評価しているよ。ただ、庶務の頭領としては、部下の仕事を無闇矢鱈《むやみやたら》に増やす君の所行を認められないというだけでね」

「それこそ地に伏せ、額《ひたい》を擦《す》りつけて謝るしか……」

「でもね、それが彼女たちの仕事だから。そのことを過度の負担に感じないほうがいい。負担に思ってしまえば、今度は他《た》部門の連中との均衡を取るのが難しくなる」

「は……い」

ありがたい忠告だと思う。レフレンシアの優しさが身に染みるガブリエラだった。

「だから、マクトゥシュたちの反対は障害ではあったけれど、乗り越えるのが不可能なほど大きなものではなかったんだ。きちんと手順を踏みさえすれば、最後にはマクトゥシュが折れることも判っていた。マクトゥシュの反対に比べれば、他《た》の幹部の反対なんて取るに足らないものだよ」

レフレンシアは淡々と言い切った。

「一般団員は言うまでもない。だから、そちら方面は大して心配をしていなかったんだ。けれど、わたしにはもっと大きな心配の種があった。不安の種があった。なんだか判る……よね？」

ガブリエラには、もう判ってしまった。レフレンシアの不安、心配の種。それが、それこそが、ドゥイエンヌの存在……なのだろう。

となれば、やはりこれは――ドゥイエンヌがこの時期に団を離れる羽目になったのは、レフレンシアが描いた絵の結果だということだ。

「君とドゥイエンヌは並び立ちそうにない。おそらくドゥイエンヌが上に立つならば、君は文句もなく従うだろう。けれど、君が上に立つ場合、彼女がおとなしく従うとは思えない。いくら彼女が以前より物わかりがよくなったとしてもね。君に対しても、そんな決定を下した組織に対しても反発するだろう。怒って団を辞めるかもしれない。そうなれば、その怒りはきっとあとを引くだろう。それでは困るんだ。マクシミリエヌス家の存在感は、影響力は、ベティスでは大きすぎるからね。どうしたって白兎騎士団《しろうさぎ》にも影響が出る。だからわたしは」

レフレンシアの顔が、とてつもなく険しく厳しいものとなった。だが、それも一瞬のこと。彼女は直《す》ぐに表情を和《やわ》らげた。

「ドゥイエンヌが団や君になんら含むもののない状況で、異論や反感や反発のない状況で団を出ていってもらいたかったんだ」

やはり……そうでしたか。

ベティスの宰相《さいしょう》であるドゥイエンヌの父親が倒れたという報《しら》せは偽物だったのか、とガブリエラは思ったのだが、しかし。

「ああ、宰相が倒れたのはべつに偽情報をでっち上げたわけじゃないよ。そんなことをしたら直ぐにばれてしまうからね」

「え？　でも……では、倒れたのは偶然で、それを利用したと仰るのですか？」

「いや、そうじゃない。そんなに都合よく倒れるはずがない。あれはね、倒れてもらったのさ」

あ！！！！！

ガブリエラは驚きのあまり、床几に座ったまま跳びあがっていた。

レフレンシアは茶目っ気たっぷりに片目を瞑《つぶ》ってみせた。

「そう、ダルタニゥス殿も宰相閣下も共犯者ということさ。というか、ダルタニゥス殿が主犯格かな。あの人は、可愛い妹がいつまでも白兎騎士団《しろうさぎきしだん》にいると、いつかそのうちとんでもない事件に巻き込まれてドゥイエンヌに危険が迫るのではないかと、そのことを恐れていたんだ。だから、こっそり相談を持ちかけると、一も二もなく乗ってきた。どのように話を持っていったのかはわたしも知らないけどさ、とにかく彼の手配、根回しで都合よく宰相閣下は倒れてくれた。大事な父親が倒れたとなれば、ドゥイエンヌがどれほど白兎騎士団《しろうさぎきしだん》を大事に思っていたとしても、帰らざるを得ないからね。そして、帰ってしまえば、あちらに足止めだ。その辺りのことはダルタニゥス殿のほうでなんとでもするはずだよ。それにこれは、ドゥイエンヌ対策というだけではない。ルーアル・ソシエダイとシギルノジチに対する誘い水、誘いの隙《すき》という意味合いもあるんだ」

なるほどそうか、と内心で唸《うな》るガブリエラだった。

宰相が倒れたとなれば、国内は混乱する。その機を狙って動けば……とルーアル・ソシエダイやシギルノジチの指導者は考えるだろう。けれど宰相は倒れていない。国内は混乱していない。だから、事を急《せ》いて動いたルーアル・ソシエダイやシギルノジチは、見込みが外れてしまうことになるわけだ。

さすがにレフレンシア様、見事な絵を描いたものです。

ガブリエラとしてはそう言うしかなかった。そして、ドゥイエンヌと自分を天秤《てんびん》にかけて自分を選んでくれたレフレンシアに、改めて感謝の念が湧きあがった。

ひとりでにガブリエラの頭が下がっていた。

「申し訳ありません。そして、ありがとうございます」

「謝ることはない。礼を言うこともない。わたしは、自分がよかれと思ったことを実行しただけだ。自分が信じたことを貫いただけだ。結果として君が団長になっただけだ。もしも君の存在が団の未来にとって邪魔になると思ったのなら、わたしは躊躇《ちゅうちょ》なく君を叩きだしていただろうからね」

「それでも」

ガブリエラはもう一度、頭を下げた。

「何度でも言わせていただきます。ありがとうございますと」

顔を上げたガブリエラは決意の籠《こも》った目でレフレンシアを見つめた。レフレンシアもガブリエラの視線を真っ正面から受け止める。

「レフレンシア様のご恩に報《むく》いるために、ガブリエラ・リビエラ・スンナ、粉骨砕身、努力を惜しまず、鋼《はがね》鉄の白兎《しろうさぎ》騎士団のために全力で働くつもりです」

「大仰な言い方だね。でも、そうしてくれると助かるよ。むろん、わたしも全力で君を支えていくから」

「はい、お願いします！」

「ところで団長」

一瞬、左右に目を走らせてからガブリエラが返事をした。

「…………あ、はい」

レフレンシアがにやにやと笑っている。

「団長と呼ばれることにも慣れてくれないとね。まぁ、それも時間が解決してくれると思うけど」

「……だといいのですけど」

「ま、いいや。で、団長」

「見習いですけど」

「それも時間が解決してくれるさ」

「だといいのですけど」

くすくすと笑っていたレフレンシアだが、直ぐに真面目な顔に戻った。

「今後のルーアル・ソシエダイとシギルノジチの出方、君はどう考える？」

「そうですね、シギルノジチのほうは情報が少なすぎてわたしにはなんとも言えないのですが、ルーアル・ソシエダイのほうは……」

熱を込めて自分の考えを開陳《かいちん》するガブリエラを、レフレンシアが満足そうな目で見やっている。その目には、親が愛《いと》しい我が子を見るときのような慈愛が溢《あふ》れていた。

2

こうしてガブリエラは新団長に――まだ見習いという修飾語はついていたが――就《つ》き、レフレンシアは副団長に戻った。

この後、ガブリエラはレフレンシアと共にルーアル・ソシエダイ王国とシギルノジチ経国《きょうこく》を相手に始まる戦争を戦い抜いていくことになる。

世間から「ガブリエラ戦役《せんえき》」と呼ばれる熾烈《しれつ》な戦いが始まるのは、さほど未来のことではない。

鋼鉄《はがね》の白兎《しろうさぎ》騎士団　第一部　完

舞阪 洸
コメント付き!
完結記念
秘蔵ラフ公開

ガブリエラ・リビエラ・スンナ
comment
こんなに黒い娘になるとは、最初の頃には想像もつかなかった(笑)。
レオチェルリ・レモンティス
comment
ガブリエラと共に1巻から登場してた割には、あまり活躍するシーンがなかった。ごめん。
ジアン・ジャン
comment
ドゥイエンヌなんかに山猿とからかわれていますが、気立ての優しいいい娘です。国王様は見る目があったのだ(笑)。

ドゥイエンヌ・ドゥノ・マクシミリエヌス

comment こんなに物わかりのいい娘になるとは、最初の頃には想像もつかなかった（笑）。

マルチミリエ・ギヴィエ

comment 従者だけあって料理とか上手いという設定なんだけど、腕を振るう場面を作ってあげられなかったのが心残り。

アフレア・ファウビィ・セビリィシス

comment 西の海岸地方にいた頃の話なんかもしてみたかったけど。まぁ、そのうち機会があったら。

comment 戦闘に出るときと常時とは、鎧も違うだろうということで、ライト版とヘビー版を作ってみた。重装鎧の見た目は重そうだけど、白《しろ》銀《がね》は軽くて丈夫な金属なので、女子でも着られる。

揺れろ!　いい女

白兎騎士団一《いち》
揺れてる女　レオノーラ
ゆらゆら
カリ
カリ
カリ
ゆら
ゆら
?
ぱたぱた
レフレンシア
カリカリ
カリカリ
カリ
カリ
ゆらゆら
?
ぱたぱた
レフレンシア様～
そろそろ3時ですよ～
ゆらゆら
お?
もうそんなに
揺れたか
時計!?

鋼鉄《はがね》の白兎《しろうさぎ》騎士団

おまけの四コマ劇場

漫画／鴻月まゆき
原作／舞阪 洸
キャラクター原案／伊藤ベン

明日を信じて生きろ

レオチェルリ・レモンティス 17歳
実は悩みがあります
あなたなら私と一緒に白兎《はくと》騎士団《きしだん》に入れるわよ
ガブリエラ
わたくしとマルチとあなた《ガブリエラ》とレオッチェがいれば40～50人くらい大丈夫よ
ドゥイエンヌ
……と皆さん自分を高く評価してくれます
なのにイマイチ存在感が薄いのはなぜなのでしょう!?
確かに騎士団には入れたんですが…Ⅲ巻では登場人物からカットされてましたし…

心に深く刻み込め

ガブリエラは幼少の頃から毎日かかさず日記を付けている
カリカリ
ガブリエラ様はいつもちゃんと日記をつけてらして感心ですよね
ん～
日記と云うよりは将来のための保険かしら
にっこり
今日もドゥイエンヌさんに泣かされたこれで32回目だこの借りは必ずお返ししようと…
カリカリカリ…
ガブリエラ様……
真実はレオチェルリだけが知っている…

黒茶よりも不味い

ドゥイエンヌさん
お茶が入りましたよ～
貴方のような高貴な方に庶民のお茶《黒茶》はお口に合わないと思いますが
ありがと
あら
支給品に文句をつけるほど子供じゃなくってよ
こくっ。。。
た
たまには庶民のお茶も刺激があって良いですわね
黒ドクダミ茶じゃダメか…
ちっ

黒茶よりも黒い

ドゥイエンヌさん
お茶が入りましたけど…
今度のは不味～い青汁茶ですから
いくらドゥイエンヌさんでもこれは無理ですよね？
むっ！
わたくしを見くびらないで欲しいものね！
勝った！
……ガブリエラ様

鳴かぬなら○○してしまえ

※ファンフェッダ＝血を見るのが大好きな救急分隊員。

鳴かぬなら○○してしまえ2

世界一恐ろしい薬

バ○レッドは誰だ!?

アルゴラ様が来る?

マイヨ・ルカの街の住宅街
えーん
えーん
ぴーぴー
ほらほら いつまでも 泣いていると アルゴラ様が 来ちゃいますよ
悪い子は どこだぁ?
くっくっく…
ギィィィ…
ぴたっ
よしよし

アルゴラ様が来る!?

救急分隊治療室
注射痛い 痛い痛いーー! 注射嫌い 嫌い嫌いーー!
うるさい なぁ…
大人しくしてないとアルゴラ様を呼んできちゃうぞ♡
悪い子には これだぁ
くくく…
ぴた…
よし!

アルゴラ様が見てる

ヨーコ
どどどど
さすがは ヨーコさま 後輩団員に モテモテですね
だと いいんだが…
どっさり
ほら…
果たし状
アルゴラ
うわぁぁ…
じー
ボソボソ
見てる？
見てます めっさ見てます

アルゴラ様が斬る

アルゴラ様 敵の間者を 発見しました
斬り殺して しまえ
デイレィ
アルゴラ様 泥棒を捕まえ ました
斬り殺して しまえ
ウェルネシア
アルゴラ様 レフレンシア様が お見えになりました
よし！ わたしが 斬り殺そう
……というのは 冗談だが
セリノス
冗談？
本音 なんじゃ？
かなり 本音だった
ん？ どうした？

お金がない

メイド喫茶？

※白兎騎士団が経営している。

冷徹な戦力分析

秘密兵器登場

異国の風習、難しい

今年はヨーコの故国の風習を採り入れ情緒豊かに年末を過ごしてみよう
虎の巻
まずは年越しそば
かなり違う
がふ がふ
次は除夜の鐘
カンカン カンカン カンカン
ほ…本当にこれでいいんですの？
ぜんぜん違う
違ったか？

遺恨試合と返り討ち

さあ ヨーコ様 羽根突きとやらで勝負ですわ！※
受けて立とう
カンコン カンコン
カン カン カ カカカ
負けた……
誰？
新入団生？

※ドゥイエンヌはヨーコに稽古をつけられた事を根に持っている（Ⅱ巻参照）

お送りしております

ツッコミはナシの方向で

誰にも判らない？

世界一似合わないふたり

※カッシウス王子=なぜかジアンにベタ惚れ（V巻参照）

※ジアン=ひとりセビリィノ王宮に残った（V巻参照）

サービス、サービスゥ

ぼぼ〜ん ぼ〜ん ぼぼ〜ん
みんな どうしたの?
今回で『第一部終了』ですもの読者サービスですわ
さぁ お着替えなさい
また こっちか…
ちょい〜ん ぺた〜ん つる〜ん
は〜〜ぁ〜
何? そのため息

サービス、サービス……う!?

ダメだ ダメだ せっかく最終巻なのにッ!
これじゃ サービスに なりませんわね
そんな水着じゃ ダメなんだよ!
そちらですのっ!?
は?
これ?
でぃれい
あふれあ
じあん
酷っ!
というわけで 『鋼鉄《はがね》の白兎《しろうさぎ》騎士団』 今回で第一部終了となる
全員整列!

ご愛読ありがとうございました〜!

※この四コマは、FBonline2007年10号〜2008年3号に掲載されたものです。

あとがき

「鋼鉄《はがね》の白兎《しろうさぎ》騎士団」全十巻（＋短編集一冊）、これにて完結でございます。ご愛読、ありがとうございました。

と言っても、「鋼鉄の白兎騎士団」という作品は終わりましたが、ガブリエラたちの物語はまだ終わってはおりません。この後、いよいよガブリエラ戦役《せんえき》に突入しますから、そちらを描いたセカンド・シリーズが始まります。読者様には、もう少しガブリエラとその仲間たちの活躍《かつやく》におつき合いいただければと思います。

一巻目が出たのが二〇〇五年の十一月ですから、足かけ五年に亘《わた》って書いてきた本作、ここまで続けられるとは、正直、思っていませんでした。しかもセカンド・シリーズも書けるわけですし。「女の子だけで構成された騎士団」などという巫山戯《ふざけ》たネタでここまで書かせてくれたファミ通文庫編集部と、初代担当K崎氏&現担当S谷さんに感謝！

そして、ここまで長く続けられた大きな要因に、伊藤《いとう》ベンさんのイラストがあるのは言うまでもありません。作者の創ったキャラクターに命を吹き込むのが絵師さんだと、その思いを強くした作品でもありました。伊藤さん、長い間、ありがとうございました&お疲れ様でした！

本作では、一巻目の冒頭《ぼうとう》でガブリエラが団長になっていることを明示してますから、この先ガブリエラがどうなるのか？　という引っ張り方ではなく、この先ガブリエラがどうやって団長に昇っていくのか、という点で引っ張っていくという構成を取っているわけですが、それが果たして成功したのかどうかは読者の皆さんの評価にお任せするしかありません。自分では、最後、割と上手《うま》くまとまったかなと思っております。内容的にも、ちゃんと「第一部完」になっているでしょ？（笑）

キャラに関しては、作者の予想以上の動き、主張をするキャラが続出したのは想定の範囲内。まぁ、いつものことですしね。中でも陰の主役レフレンシアは、物語を動かしてくれる便利なキャラでした。

その他《た》、みんな書いていて楽しいキャラばかりで、執筆《しっぴつ》で苦労した記憶は、ほとんどありませんでした。「鋼鉄《はがね》の暗黒兎騎士《くろうさぎ》」（短編集）では各キャラの過去話によって、ふだんは日の当たらない（？）キャラにもスポットライトを当ててあげることができ、作者としても満足です。他《ほか》のキャラの過去話も書いてみたい気もしますが、それはまた機会があったらということで。

さておき、いつもは先のことなど何も考えていない舞阪《まいさか》ではありますが、セカンド・シリーズの展開に少しだけ触れておきましょう。

この十巻でようやく姿を見せたルーアル・ソシエダイの国王、彼が重要な働き……と言っていいのかどうかは微妙ですが、とにかく重要な役割を負っているのは間違いありません。その「重要な役目」というのが、ガブリエラ戦役＝白兎《しろうさぎ》騎士団＆ベティス大公国とルーアル・ソシエダイ＆シギルノジチ経国連合軍の戦争の行く末を左右することでしょう……などと言ったところで、予定は未定、決定には非《あら》ず、なんですが。

さて、ここから具体的に十巻の内容に触れます。前巻とは違って、ここを先に読んだからネタバレになってしまうということはありませんが、できれば読了後に読んでいただいたほうがいいかと思います。

この巻でレフレンシアがガブリエラを団長位に就《つ》けるために取った手段、じつは織田《おだ》信長《のぶなが》の故事《こじ》に由来しているのです。

尾張《おわり》をまとめた信長が、美濃《みの》（稲葉山《いなばやま》城）攻略に乗りだそうとして、本城《ほんじょう》を清洲《きよす》から濃尾《のうび》国境に近い場所に移そうと画策します。けれど当時は、攻略すべき国＝城のために本城を移すというのはかなり非常識なことでして、言いだしたところで家臣団の反対が目に見えています。そこで信長は、最初に誰《だれ》が考えてもそれは無茶だろうという場所を提示するのです。案の定、家臣は猛反対。そこで信長は仕方なく妥協案を提示する……

ように見せておいて、実は本命の小牧山《こまきやま》への引っ越しを再提案します。家臣団、やはり本心では引っ越しなどしたくないのですが、「自分たちの反対に殿も妥協してくれたのだから、ここは我々も我慢しようか」という空気が醸成《じょうせい》され、小牧山への移転が無事に実現できたのだそうです。先を読む力と構想力が抜きんでていますね、信長さん。

という故事を知った上で、この巻でのレフレンシアの策謀《さくぼう》を読み返していただくと、なるほどそうかと思っていただけるのではないかしら。九巻のあのネタに続き、日本の戦国無駄《むだ》知識だって西洋ファンタジーに転用できるのだという見本でした（笑）。

さて、最後に恒例の告知とかして「鋼鉄《はがね》の白兎《しろうさぎ》騎士団」最後のあとがきを締めることにしましょう。

ミクシィの「鋼鉄の白兎騎士団」コミュ、まだまだ活動中です。ミクシィは、招待がなくても入れるようになってますから、興味のある方はどうぞ。セカンド・シリーズ、秋頃にはお届けできるかな？　そんな感じで。タイトルは……まだ考え中です。

では、セカンド・シリーズの第一巻でお会いしましょう。その前、五月頃に「サムライガード6」が出る（はずです）ので、そちらもよろしくお願いします。

二〇一〇年三月吉日　舞阪　洸《こう》

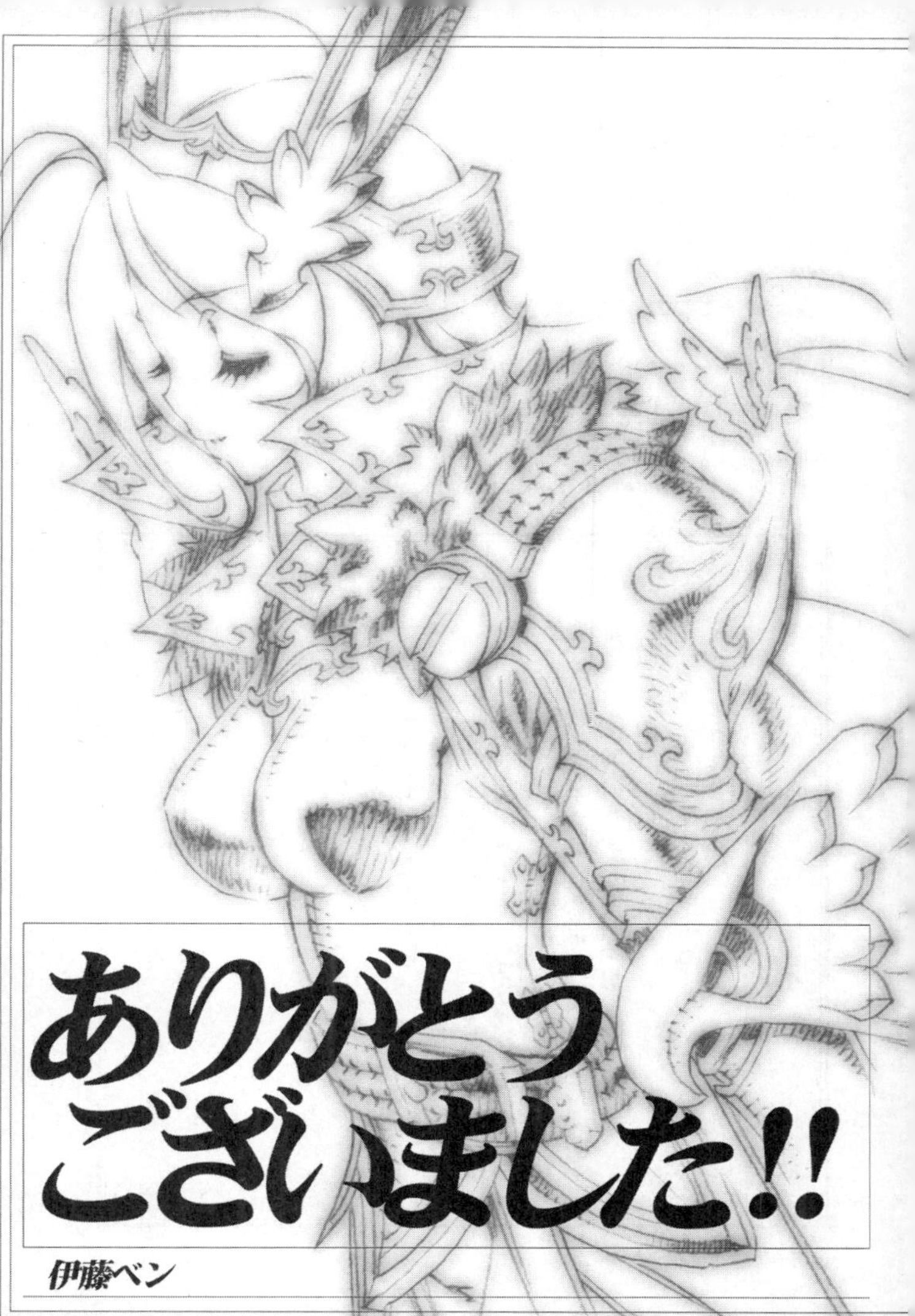
ありがとう
ございました!!
伊藤ベン

■ご意見、ご感想をお寄せください。

ファンレターの宛て先
〒102-8431東京都千代田区三番町6-1
株式会社エンターブレイン　ファミ通文庫編集部
舞阪　洸　先生
伊藤ベン　先生

■ファミ通文庫の最新情報はこちらで。

FBonline
http://www.enterbrain.co.jp/fb/

■本書の内容・不良交換についてのお問い合わせ。

エンターブレイン カスタマーサポート　0570-060-555
(受付時間 土日祝日を除く 12:00〜17:00)
メールアドレス：support@ml.enterbrain.co.jp

FB Famitsu Bunko

ファミ通文庫
鋼鉄《はがね》の白兎《しろうさぎ》騎士団X

二〇一〇年五月一一日　初版発行

著　者　舞阪《まいさか》洸《こう》
発行人　浜村弘一
編集人　森　好正
発行所　株式会社エンターブレイン
〒一〇二-八四三一　東京都千代田区三番町六-一
電話　〇五七〇-〇六〇-五五五(代表)
発売元　株式会社角川グループパブリッシング
〒一〇二-八一七七　東京都千代田区富士見二-一三-三
編　集　ファミ通文庫編集部
担　当　宿谷舞衣子／川崎拓也
デザイン　伸童舎
写植・製版　株式会社ワイズファクトリー
印　刷　凸版印刷株式会社

定価はカバーに表示してあります。

ま1
1-10
937

ISBN978-4-04-726486-1